ハヤカワ・ミステリ文庫

〈HM⑯-5〉

メグレとマジェスティック・ホテルの地階

〔新訳版〕

ジョルジュ・シムノン

高野　優訳

早川書房

8998

LES CAVES DU MAJESTIC

by

Georges Simenon

1942

目次

メグレとマジェスティック・ホテルの地階〔新訳版〕

登場人物

メグレ……………………………司法警察局の警視
ジャンヴィエ
リュカ
トランス
デュキュアン
……………………メグレの部下
プロスペル・ドンジュ…………《マジェスティック・ホテル》のカフェトリの主任
シャルロット…………………ドンジュの同居人
ジュスタン・コルブフ…………《マジェスティック・ホテル》のフロントマン
ジャン・ラミュエル……………同会計係
エウゼビオ・ファルデス………同踊り手
オズワルド・J・クラーク……同宿泊客。デトロイトの実業家
エミリエンヌ（ミミ）…………クラークの妻
エレン・ダロマン………………家庭教師。クラークの浮気相手
ガートルード・ボーンズ………クラーク家の家政婦
マリ・ドリジェアール…………ラミュエルの愛人
ジジ………………………………シャルロットとミミの元同僚
ボノー……………………………予審判事
アトゥム…………………………トルコ絨毯店店主。元アトゥム銀行頭取
ジェム……………………………郵便物預かり所店主

1　ロッカーの中の死体

　外で車のドアが閉まる音がした。いつものようにその音で、プロスペル・ドンジュは目を覚ました。朝に聞く、最初の音だ。エンジンの音は去らない。たぶん、シャルロットがタクシーを降りてからも、運転手と握手をして言葉を交わしているのだろう。そのうちに、タクシーが走り去る音が聞こえた。それから、玄関に近づく足音がして、鍵をまわす音。最後に台所の明かりをつける音がした。まわりが静かなのでよく聞こえるのだ。

　マッチをする音、ガスコンロのスイッチをひねる音、火が燃えあがる音。そして、パーコレーターに水とコーヒーの粉を入れて、コンロにのせる音。

　それだけ用事をすませると、シャルロットはまだ新しい階段をのぼってきた（この家は三年ほど前に建てたばかりなのだ）。夜勤明けなので、足どりはゆっくりだ。音をたてずに寝室に入ってくる。部屋の明かりをつける音がして、電球が光った。電球には針金とピンクのハンカチで作った傘がかぶせてある。ハンカチの四隅には木製の房をつけてあった。

部屋の明かりがついても、プロスペル・ドンジュはまだ目をあけなかった。シャルロットは服を脱いでいる。いつものように鏡のついた箪笥《たんす》の前で、鏡に姿を映しながら……。ベルトをはずす音。ブラジャーのホックをはずす音。そして、シャルロットがほっとため息をつく声。シャルロットはルーベンスの絵の女性のように、ばら色でふくよかな身体をしている。それなのに、胸もおなかもきつく締めあげるのが好きなのだ。だから、服を脱ぎおわると下着の跡がくっきり残っていて、その跡をこする癖がついている。

シャルロットがベッドに入ってきた。ドンジュはそのやり方があまり好きではなかった。マットレスの端に膝をのせて全体重をかけるので、マットレスが傾いてしまうのだ。今日もベッドの上に膝立ちになると、シャルロットが言った。

「さあ、プロスペル。今度はあなたが仕事に出かける番よ」

ドンジュは起きあがって、ベッドから出た。そこにできたシーツと毛布の隙間に、シャルロットが素早くもぐりこむ。まだ温かみの残るベッドに横になると、シャルロットは目の高さまで毛布を引っぱりあげた。それから、じっと動かなくなった。

「天気は？　降っているのか？」手洗い鉢に水を注ぎながら、ドンジュは尋ねた。

むにゃむにゃという声が聞こえる。まあ、降っていようが、降っていまいが、どちらでもかまわない。ドンジュはひげを剃ろうと、両手で水をすくって、顔にかけた。水は氷のように冷たかった。遠くで列車の走る音がした。

洗面を終えると、ドンジュは着替えをした。シャルロットが何度かため息をつくのが聞こえる。明かりがあると、眠れないのだ。ドンジュは急いで身じたくをすませ、寝室の出入口に向かった。扉のノブに手をかけると同時に、電気のスイッチに腕を伸ばす。その時、シャルロットの眠たげな声が聞こえた。

「ねえ、忘れないで。帰りに電器店に寄って、ラジオの月賦を払ってきて」

台所に降りると、コーヒーはぐらぐらに沸いていた。ドンジュは立ったまま、コーヒーを飲んだ。それから、いつものように慣れた手つきで、首に毛糸のマフラーを巻くと、鳥打ち帽をかぶって、オーバーをはおった。

それから、廊下に置いてある自転車を押して外に出した。

冷たく、湿った風が顔に当たる。雨は降っていなかったが、舗道からは水の匂いがした。今、鎧戸の向こうで眠っている人々は、早朝のこの冷たい空気を知ることなく、太陽に照らされた穏やかな日を過ごすことになるのだ。

通りは急な坂道になっていて、両側には小さな庭つきの家が並んでいる。道の曲がり具合によって、時おり並木の向こうに、明かりを灯したパリの街が現れる。坂の上から見おろすと、パリはまだ夜の底に沈んでいるように見えた。

といっても、もう夜ではなかった。だが、まだ朝でもない。遠くの空は薄紫だった。いつのまにか、いくつかの家には明かりが灯りはじめている。道が線路にぶつかるところまで来ると、横断用通路のゲートが閉まっていたので、いったん自転車を降り、ゲートをあけて線路を渡った。

やがて、サン＝クルー橋のたもとまで来たので、セーヌ河を渡って左に曲がった。一艘の曳舟が数珠つなぎになった平底船を曳きながら、河をさかのぼっていく。曳舟は激しく汽笛を鳴らしていた。シュレーヌの閘門《こうもん》で水位を調節してもらうため、合図を送っているのだ。

右手にはブローニュの森が広がっている。森に入ると、奥の湖まで行き、しばらく湖に沿って走る。明け方の空を映して、湖は白く輝いている。湖面では目を覚ましたばかりの白鳥たちが身づくろいをしている。

森を抜けると、そこはドーフィーヌ門だ。だが、そこで異変を感じた。ペダルが重たくなって、地面の感触が尻に伝わってくるのだ。それから数メートルは我慢して漕いでいたが、とうとう自転車から降りて確かめた。思ったとおり、タイヤがパンクしていた。

時計を見ると、六時十分前だった。このままでは遅れてしまう。ドンジュは自転車を押しながら、早足で歩きだした。吐く息は白かったが、急がなければという思いで、胸は熱かった。

フォッシュ通りに入ると、車道と立ち並ぶ邸宅の間にある騎馬道《アレ・カヴァリエール》を進んだ。邸宅の鎧戸はどれも閉まっていた。人通りもほとんどない。高級士官と副官が馬に乗って、ブローニュの森のほうに速歩《はやあし》で向かうのとすれちがっただけだ。

遠くに凱旋門が見える。その向こうの空はだいぶ明るくなっていた。ドンジュは急いだ。身体が熱かった。

シャンゼリゼ通りに入ったところで、キオスクのそばにいた制服の巡査から声をかけられた。

「パンクかい？」

返事の代わりに、ドンジュはうなずいた。勤務先の《マジェスティック・ホテル》までは、あと三百メートルだ。ホテルはコンコルド広場に向かって、通りの左側にある。客室の鎧戸は、どれもまだ閉まっている。街灯はほとんどが消えていた。

ベリ通りまで来たところで左に曲がる。それから、右に曲がってポンチュー通りに入った。《マジェスティック・ホテル》の裏口はその先にある。従業員の通用口だ。こんなところにホテルの裏口があるとは、普通に歩いている通行人は気がつかないはずだ。二軒手前にはカフェがあって、そのカフェはもう開いていた。

ホテルの裏口から男が出てきた。グレーのオーバーをはおって、その下には燕尾服を着ている。帽子はかぶっていない。髪はポマードでなでつけていた。夕方のダンスパーティーの時間に、泊まり客の女性のお相手をする踊り手のゼビオだろう。だが、確信は持てなかった。男は手前のカフェに入っていった。

おそらく、カフェを覗いてみれば、ゼビオかどうかわかっただろう。だが、そんな考えは浮かびもしなかった。ともかく急がなければ……。通用口を入ると、あいかわらず早足で自転車を押しながら、ドンジュは電灯がひとつ照らしているだけの長く薄暗い廊下を進んでいった。タイムレコーダーの前まで来ると、ダイヤルをまわして自分の社員番号である六十七の数字に合わせ、タイムカードを挿入する。カチャンと音がした。レコーダーの時計は六時十分を指していた。

これによって、プロスペル・ドンジュが午前六時十分に勤務先である《マジェスティック・ホテル》に出勤したことが公式に記録された。普段の出勤時刻からは十分遅れていた。

以上がシャンゼリゼ通りに面する超高級ホテル《マジェスティック・ホテル》のカフェ

トリー――〈コーヒーと軽食の準備室〉の主任であるプロスペル・ドンジュが、朝起きてからホテルに到着するまでの間に何をしたのか、ドンジュの供述にもとづき、詳しくまとめたものである。

そのあとも、本人の言葉によれば、ドンジュはいつもの朝と変わらぬ行動を続けたという。

ホテルの地階には厨房やスタッフルーム、従業員食堂など、いろいろな部屋があり、その広大な空間に何本もの廊下が複雑にはりめぐらされている。壁は貨物船の内部のように灰色に塗られている。だが、朝のこの早い時間には、まだ誰も来ていない。部屋はどれもガラス張りになっているので、廊下から中の様子がよく見える。誰もいない部屋にはまだ明かりがついておらず、夜間灯として使われているフィラメント電球が黄色く、弱々しい光を放っている。

ドンジュは地階に降りると、入り組んだ廊下を歩いていった。左側にはガラスの仕切り越しに厨房が見える。その次はデザート専門の厨房だ。右側にはいわゆるお供部屋がある。このホテルに泊まる金持ちの客たちは、家で雇っている執事や家政婦、運転手を一緒に連れてきているので、そういったお供の人たちに、ここで食事を提供するのだ。ホテルの幹部職員もここで食事をとる。

その先には平の従業員の食堂がある。そこには白塗りの長いテーブルと、小学校にあるようなベンチが何本か並んでいる。

お供部屋の隣——つまり厨房の向かいには、船の操舵室のように地階のそれぞれの部屋に指令を出す小さな部屋がある。この部屋もガラス張りで、会計係が厨房から出てくるすべての料理をチェックしている。

自分の持ち場であるカフェトリ——〈コーヒーと軽食の準備室〉は厨房の手前にある。その部屋の扉をあけた時、ドンジュは誰かが近くにある狭い階段を使って、上にのぼっていくのを聞いたように思った。だが、それについてはあまり気にかけなかった。

朝の最初の仕事は早起きの客のためにコーヒーを沸かすことだ。毎朝、家に帰ってくるなり、シャルロットがしてくれるように、ドンジュはマッチでガスコンロに火をつけ、水とコーヒーの粉を入れたパーコレーターをのせた。

それがすむと、服を着替えるため更衣室に行く。更衣室は、何度か廊下の角を曲がったところにある。かなり広い部屋だ。入るとすぐに少し汚れた大きな鏡と洗面台がいくつかあって、壁ぎわにはスチール製のロッカーが並んでいた。ロッカーにはひとつひとつに社員の番号がふってある。

鍵を使って六十七番のロッカーをあけると、ドンジュはオーバーとマフラー、鳥打ち帽を中にしまった。靴は底が柔らかくて、歩きやすいものに替える。そのほうが仕事がしやすいからだ。それから、最後に白い上着をはおった。

もうすぐ六時半になる。その時間になれば、地階はようやく活気に満ちはじめる。泊まり客たちはまだ眠っている。階上で起きているのは、広いロビーでただひとり職務の引継ぎを待つ夜勤のフロントマンだけだ。

準備室に戻ると、パーコレーターは音をたてていた。ドンジュはカップに一杯、コーヒーを入れると、いつものようにフロントマンに持っていってやることにした。近くの狭い階段をあがって、フロントに向かう。この階段は劇場の舞台裏にある階段を思わせる。のぼっていくと、思いがけない場所に出る——そんな雰囲気のある階段だ。

ドンジュは小さな扉をあけて、フロントに出た。客の側から見ると、フロントは鏡張りになっているので、そこに扉があるとはわからない。

カウンターの端にコーヒーのカップを置くと、ドンジュは言った。

「コーヒーだ。調子はどうだ？」

「まあまあだ」カウンターに近づきながら、フロントマンが答えた。

ドンジュはまた地階に降りた。まもなく、カフェトリに三人の女がやってきた。〈三デブ〉と言われている女たちで、カップやソーサーを洗う仕事をしている。三人とも庶民の出で、器量はあまりよくない。そのうちのひとりは年寄りで、何かというと、つっかかってきた。三人はろくに挨拶もせず、ガチャガチャ音をたてながら食器を洗いだした。

それを見ながら、ドンジュはいつもの朝の仕事を始めた。小さいほうから順番に陶器や銀のコーヒーポットを並べていくのだ。カップ一杯分のポット、二杯分のポット、三杯分のポット……。ミルク入れとティーポットも並べた。

そこで、ふと顔をあげた時、ドンジュは向かいの小部屋に会計係のジャン・ラミュエルがいるのに気づいた。髪の毛が乱れている。

〈おやおや。つまり、また休憩室に泊まったというわけか〉

ラミュエルはここ数日、モンパルナスの自宅には帰らず、ホテルの休憩室に泊まっている。

休憩室は地下二階のワインの貯蔵庫に続く階段のそばにある（この階段には扉がついていて、降り口が見えないようになっていた）。休憩室と言っても、中にはベッドが三つか四つ並べられていて、昼食と夕食の間に料理人たちが仮眠をとれるようになっていた。ホテルの規則で、ここで寝泊まりするのは禁じられている。だが、ラミュエルは愛人に家から追い出されると、規則を破ってよくこの休憩室に泊まっている。

ラミュエルと目があったので、ドンジュはおはようの代わりに手をあげて合図をした。ラミュエルも曖昧な仕草で返事をかえしてきた。

やがて、厨房に料理長が入っていくのが見えた。中央市場に買い出しに行って、戻ってきたのだろう。ポンチュー通りにトラックを止めて、コックたちに買ってきたものを運ばせている。大柄な身体つきの、威張った男だ。

午前七時半になると、地階では少なくとも三十人の従業員が働いていた。合図のブザーが鳴って、料理をのせる配膳リフトが降りてくる音、リフトが止まって、料理の皿をのせてまた上にあがっていく音……。ラミュエルは料理が出ていくたびに、青やピンクや白の伝票をデスクに置いたホルダーに分類していた。ホルダーには釘のように先がとがった細い鉄棒が並んでいて、そこに伝票を刺していくのだ。

階上では今頃、水色の制服を着た日勤のフロントマンがロビーを仕切っているはずだ。郵便係は狭いバックヤードで、泊まり客に来た郵便物を仕分けているだろう。シャンゼリゼ通りには朝日が差しているにちがいない。だが、この地階にいると、バスが通りすぎた時にガラスの仕切りが震えるのを見て、朝が来たとわかるだけだ。

そのあと、九時を少しまわったところで、ドンジュはカフェトリを出て、更衣室に向かった。更衣室に着いたのは数十秒後だ。そして……。

そして、八十九番のロッカーの中に死体があるのを発見する。

死体は立ったままロッカーに押しこまれたようで、ぐったりしていた。三十前後の女性で、髪は派手な金髪――だが、本来の色ではなく、脱色して金色にしたものだ。服は薄いウールの生地で、色は黒だった。

ドンジュは叫び声をあげなかった。ただ、全身から血の気が引く思いで会計係の部屋に行くと、窓口越しにラミュエルに声をかけた。

「一緒に来てくれ」

ラミュエルはすぐについてきてくれた。そして、ロッカーの死体を見ると、叫んだ。

「ここにいてくれ。支配人に知らせてくるから……。誰も近づけるんじゃないぞ」

ドンジュは言われたとおり、誰も来ないか、その場で見張っていた。その間にラミュエルは階段を駆けあがってフロントに行き、泊まり客の運転手と話していたフロントマンに支配人の居場所を尋ねた。支配人は執務室にいるということだった。

これがホテルに出勤してからのドンジュの行動を、本人の供述にしたがってまとめたものだ。しかし、もちろん、本人がすべて本当のことを言っているとはかぎらない。たとえば、カフェトリに入った時、「誰かが部屋の近くの狭い階段を使って、上にのぼっていく音を聞いたように思った」という部分は、あとからつけ加えられた供述だ。「九時を少しまわったところでカフェトリを出た」というのは確認がとれている（正確には九時四分だった）。だが、どうしてドンジュは更衣室に行ったのだろう？　本人は「オーバーにハンカチを入れっぱなしにしていたので、取りにいった」と言っているが、本当のことはわからない。いずれにせよ、百台のロッカーが並ぶ広い更衣室にドンジュがひとりでいたことは確かだ。ドンジュが自分のロッカーをあけたかどうかについても、証人はいない。

いや、今、百台のロッカーと言ったが、正確には九十二台だ。ロッカーにはすべて番号がふってあって、最後の五台――八十八番から九十二番までは誰も使っていない。

それなのに、どうしてドンジュは八十九番のロッカーをあけたのだろうか？「無意識のうちにです……」ドンジュは供述している。「ロッカーの扉が少しあいていたような気がしたので、何も考えずに……」

はたして、ドンジュは嘘をついているのか？　事件は司法警察のメグレ警視に任されることになった。

＊

ホテルの回転扉に入ったところで、メグレはくわえていたパイプを目の前のガラスにぶつけ、あやうく中身をぶちまけそうになった。だが、すぐに肩をすくめて、パイプをくわえなおすと、ゆっくりとふかした。朝いちばんの煙草だ。最高の味がする。

「警視殿、執務室で支配人がお待ちです」ホテルの従業員が声をかけてきた。

ロビーにはまだあまり人気《ひとけ》がなかった。フロントの片隅で、郵便係と話をしているイギリス人の泊まり客。それに、おそらく届け物に来たのだろう、帽子の箱を持ってうろうろしている、バッタのように足の長い、痩せた娘がいるだけだ。

執務室に入ると、支配人は何も言わずに握手だけして、ソファを示した。ガラスの扉には緑のカーテンが掛かっている。だが、少しカーテンを引けば、ロビーの様子が覗けるようになっていた。

「葉巻は？」支配人が尋ねた。

「いや、結構」

ふたりはずいぶん前からの知り合いだった。言葉はそれほど必要としない。支配人は縞のズボンを穿《は》いていた。上着には縁かざりがついている。ネクタイは硬い素材を切りぬいて、ワイシャツに張りつけたように見えた。

「これを……」

そう言うと、支配人はホテルの宿泊カードの写しを差しだした。

オズワルド・J・クラーク。ミシガン州（アメリカ合衆国）、デトロイトの実業家。

前泊地――デトロイト。

到着日――二月十二日。

同伴者――クラーク夫人、妻。テディ・クラーク、息子、五歳。エレン・ダロマン、家庭教師、二十四歳。ガートルード・ボーンズ、四十二歳、家政婦。

スイートルーム 三〇三号室。

そこに電話が鳴った。支配人はいらいらした様子で返事をしている。メグレは宿泊カードの写しを四つ折りにして、財布にしまった。

「殺されたのは？」支配人の電話が終わったのを見て、メグレは尋ねた。

「クラーク夫人だ」

「そうか」

「警察に通報したあと、ホテルの嘱託医に来てもらった。近くのベリ通りに住んでいてね。今も地階にいる。遺体を確認してもらったところ、クラーク夫人は首を絞められて殺されたらしい。死亡時刻は午前六時から六時半だということだ」

支配人の顔は暗かった。殺人事件が起きるなんて、ホテルにとっては大迷惑だ。この状況から脱するには、一刻も早く犯人を捕まえてもらうしかない——そう思っているのだろう。だが、メグレのような男にそんなことを言っても無駄だということも、よくわかっているのだ。

「クラーク氏の一家が到着したのは、一週間前ということになるな」メグレはつぶやいた。

「どんな一家だ？」

「上流階級だ。それもかなりのね。クラーク氏はアメリカ人で、背が高く、痩せてはいるが、丈夫そうだ。物腰は落ち着いている。年齢は四十代。四十五歳くらいだろう。奥さんは——亡くなった女性だが、おそらくフランス人で、年齢は二十八か九くらい……。ホテルの中であまり姿を見かけたことはない。家庭教師は美人だ。家政婦は子供の世話係もしている。どこにでもいるような普通の女だ。つまらんと言ってもいい。そうだ。忘れていたよ。クラーク氏は昨日の朝、列車でローマに発っている」

「ひとりで？」

「私の知るかぎりではね。ヨーロッパには仕事で来ているんだ。アメリカにボールベアリングの工場を持っていてね、売り込みのために各国の首都をまわっている。その間、妻や息子、使用人たちはパリに残しているというわけだ」

「何時の列車かわかるか？」メグレは尋ねた。

支配人は受話器をはずした。

「フロントか？　クラーク氏が列車に乗ったのは何時頃かわかるか？　そうだ、三〇三号室のクラークさんだ。ポーターをつけて、駅まで荷物を運ばせたのだろう？　ちがうのか？　旅行鞄をひとつ持っていっただけ？　タクシーで行ったのか？　《デジレ・タクシー》か？　時間は？　十一時か……。

お聞きのとおりだ、警視。クラーク氏は昨日の午前十一時頃、ホテルの前で客待ちをしている《デジレ・タクシー》で、駅に向かった。荷物は旅行鞄ひとつということだ」

「電話を貸してくれるか？」そう言うと、メグレは支配人から受話器を受け取った。「もしもし。ああ、交換手さん。司法警察につないでくれないか？　もしもし、ああ、司法警察か？　リュカを呼んでくれ……。おお、リュカか？　いくつか調べてほしいことがある。まずリヨン駅に行って、昨日の午前十一時以降のローマ行きの列車をすべて調べてくれ」

話している間に、パイプの火が消えかかっていた。メグレはかまわず続けた。

「それから、トランスを《デジレ・タクシー》に行かせてくれないか。そうだ。その会社のタクシーがいつも《マジェスティック・ホテル》の前で客待ちをしているんだ。それで、運転手の中に、昨日の午前十一時頃、背が高く、痩せたアメリカ人を乗せた者がいないか、訊いてもらってくれ。もうひとつ、殺されたクラーク夫人はフランス人らしいのだが、この女性がフランスにいた時に何をしていたか、できるだけ詳しく調査してほしい。事件に関係あるかもしれないからな」

電話を切った時には、パイプの火は完全に消えていた。メグレは灰をあけようと、灰皿を探した。支配人が目の前に置いてくれた。

「本当に葉巻はいらないのか？」メグレに尋ねる。そして、メグレが首を横にふると、続けた。「知らせを聞いても、家政婦は落ち着いている。知らせたのが家政婦でよかったよ。家庭教師のほうは、昨日の夜、このホテルに泊まらなかったみたいだ」

「スイートルームは何階だ？」

「三階だ。シャンゼリゼ通りに面している。クラーク氏の寝室は居間をはさんで、奥さんの寝室とは離れている。それから、子供の寝室があって、家政婦の寝室、家庭教師の寝室と続いている。使用人も含めて、全員が同じスイートルームに泊まれるようにしてほしいと言われたんだ」

「夜勤のフロントマンはもうホテルにいないだろうな？」

「もう家に帰っているが、電話で連絡をとることならできる。前に一度、電話をしなければならないことがあってね。ヌイイの新築マンションの管理人室に住んでいるんだ。奥さんがそのマンションの管理人をしていてね。今、電話をする」

そう言って、支配人は電話をした。

「もしもし、ご主人と話したいのだが……。ああ、きみか？　ちょっと訊きたいことがあって……」

夜勤のフロントマンの話によると、昨夜、クラーク夫人は芝居見物に出かけ、帰ってきたのは午前零時を少し過ぎた頃だったという。家政婦は外出しなかった。家庭教師はホテルで夕食をとらず、朝になっても帰ってこなかったという。支配人の話では、今も外出中らしい。

「では、地階を見にいくことにするか」ため息まじりに、メグレは言った。

来た時と比べると、ロビーはかなり活気づいていた。ホテルで何があったかは、誰も知らないらしい。殺人事件があった頃は、みんな眠っていたのだ。

「フロントの裏から行こう。警視、ついてきてくれ」

そう言ったとたん、支配人は眉をひそめた。回転扉がまわって、太陽の光とともに、グレーのスーツを着た若い女性が入ってきたのだ。女性はフロントに寄ると、郵便係に英語で尋ねた。

〝私宛に何か来ていますか？〟とか、たぶんそんなことを言ったのだろう。

「クラーク家の家庭教師です」支配人がささやいた。「ミス・エレン・ダロマン……」

ダロマン嬢は丁寧に身支度をしてきたように見えた。上等の絹のストッキングには弛《たる》みひとつない。顔にも疲れた様子はない。ただ、二月の朝の冷気で、頬が少し赤く染まっていた。

「話をしてみたいか？」

「今はいい。少し様子を見たい」

そう言うと、メグレはロビーの片隅で待たせていた刑事に命じた。

「あの女から目を離すな。もし、あの女が部屋に入ったら、扉の前で見張っていろ」

フロントに入ると、支配人は大きな鏡の前に立った。だが、それは地階に続く扉だった。

メグレは支配人とともに狭い階段を降りていった。ここではもう超高級ホテルのきらびやかな感じはしない。肉厚の観葉植物も置いていないし、優雅な紳士やご婦人が行き来することもない。その代わりに厨房の匂いが漂ってくる。

「この階段はホテルのすべての階に通じているのか？」

「ああ、こういった階段はふたつあってね。地下二階から屋根裏まで続いている。といっても、ホテルの内部をよく知る人間でなければ、この階段は使えないがね。各階に客室の扉と同じような、ただ番号のない扉があって、それをあけると階段に出ることができる。そんな仕掛けになっているとは、宿泊客には想像もつかないはずだ」

時計を見ると、十一時近くだった。地階では、五十人、百人、いや百五十人以上の人々が忙しく働いていた。コック帽をかぶっている者、給仕の制服を着ている者、ワインの貯蔵庫係のエプロンをつけている者。カフェトリでは、三人の太った女が洗いものをしている。

「警視、こっちだ」支配人が言った。「服を汚さないように……。それから、足をすべらせないように……。廊下は狭いから、気をつけてくれ」

ガラスの仕切り越しに、誰もがこちらを見ている。支配人と、特に自分を……。厨房の前の小さな部屋では、コックのひとりが投げるように渡した伝票を空中で捉え、料理の皿と見比べてチェックしている男がいた。会計係のジャン・ラミュエルだと、支配人が説明してくれた。

更衣室の前には制服の警官がひとりいて、その脇では医者らしき若い男が煙草をふかしながら、メグレたちが来るのを待っていた。これを見たら、従業員たちも、何かいつもとちがうことが起こったと、うすうす勘づいたにちがいない。

「ドアを閉めてくれ」中に入ると、メグレは言った。

遺体は更衣室の中ほどにあった。ロッカーに囲まれるようにして、横になっている。あいかわらず煙草をふかしながら、医者がつぶやいた。

「うしろから首を絞めたようです。そんなに長い間、抵抗はできなかったのでしょう」

「身体をひきずったあとはないな」被害者の黒い服を調べながら、メグレはつけ加えた。

「おそらく、ここで殺したのだろう。よそで殺して運んできたとしたら、犯人は少なくともふたりだということになる。あの狭い迷路のような廊下を死体をかついでくるのは厄介だ」

遺体が発見されたロッカーにはワニ革のハンドバッグが残っていた。メグレは中を確かめた。すると、自動拳銃が見つかった。メグレは拳銃の安全装置をかけると、ポケットにしまった。バッグにはほかに目ぼしいものはなかった。ハンカチとコンパクト、紙幣が数枚、出てきただけだ。紙幣は千フランにも満たなかった。

「検事と予審判事が来るまで、現場はそのままにしておかないとな」そう言って、メグレは支配人と一緒に厨房のほうに戻った。

厨房では、あいかわらず人々が忙しく働いていた。いくつもの配膳リフトがひっきりなしに上下し、合図のブザーが鳴りやまない。コックたちは休みなく、重そうな銅の鍋をゆすっている。丸焼きにするのだろう、一ダースもの鶏に串を刺している者たちもいた。

「死体を発見したのは？」

メグレの質問に、支配人はカフェトリにいる男を指して、プロスペル・ドンジュだと答えた。ドンジュはパーコレーターをきれいにしていた。背の高い赤毛の男だ。いわゆるニンジン色というやつだ。年齢は四十五から五十までの間だろうか。目の色は淡いブルーで、顔中に疱瘡の痕があった。

「このホテルは長いのか？」

「五年だ。その前はカンヌの《ミラマール・ホテル》で働いていた」

「まじめな性格か？」

「くそまじめだ」

メグレはドンジュのほうに顔を向けた。ふたりはガラスの仕切り越しに見つめあった。ドンジュの顔が真っ赤になった。赤毛の人間は肌が白いので、赤く染まりやすいのだ。その時、背後から声がかかった。

「失礼します、支配人。メグレ警視にお電話がかかっています」

見ると、会計係のジャン・ラミュエルだった。電話を受けて、部屋から飛びだしてきたのだ。

「どうぞ、こちらの部屋で電話をおとりください」

電話は司法警察からだった。それによると、昨日の午前十一時以降のローマ行きの列車は二本しかなく、オズワルド・J・クラークは、そのどちらにも乗っていなかったという。クラーク氏をホテルから乗せた《デジレ・タクシー》の運転手については、家にも会社にもいなかった。だが、馴染みにしているビストロに電話をしたところ、運よく見つかったので話を聞くと、クラーク氏の行き先は駅ではなく、モンパルナス通りの《エグロン・ホテル》だったという。

メグレは礼を言うと、新たな調査として、五年前までカンヌの《ミラマール・ホテル》で働いていたプロスペル・ドンジュという男が、そこでどういう交友関係を持っていたか洗ってほしいと頼んだ。

その時、階段の途中から、英語で言い争うような声が聞こえた。どうやら若い女性が目ざとく鏡の扉を見つけ、無理やり下に降りてこようとしているらしい。それをルームサービスのボーイが必死で止めようとしているのだ。

女性はクラーク家の家庭教師のエレン・ダロマンだった。ルームサービスのボーイをふりきると、ダロマン嬢はまっすぐこちらに向かってきた。

2　メグレ、自転車に乗る

パイプをくわえ、ビロードの襟のついた大きめのオーバーのポケットに両手を突っこみ、山高帽を少しうしろにかぶるというお馴染みの恰好で、メグレはエレン・ダロマンが今度は支配人に食ってかかるのを眺めた。

どうも、この女は性に合わない。メグレは傍目にもわかるほど、むっとした顔で考えた。

「この女性は何と言っているんだ？」話をさえぎって、支配人に尋ねる。英語でまくしたてているので、ただのひと言もわからなかったのだ。

「ダロマンさんは、クラーク夫人が殺されたというのは本当なのかと、質問しています」支配人が通訳してくれた。「それから、ローマにいるクラーク氏には知らせたのか、遺体はどこに運ばれたのかと。あとは……」

だが、ダロマン嬢は最後まで言わせなかった。眉間にしわを寄せて、いらいらしながら、自分の質問に対する答えを聞き、決して優しいとは言えない視線でメグレを一瞥すると、きっぱりした口調で自分の言いたいことを伝えた。

「何と言ったんだ?」メグレは尋ねた。

「ご遺体がここにあるなら、そこに案内してほしいと……」

そこで、メグレはダロマン嬢の腕を優しくとって、更衣室に向かおうとした。だが、予想どおり、ダロマン嬢はあわててその手を振りはらった。やはり、そうだ。アメリカ映画で見る女たちと同じだ。恐ろしいほど潔癖なのだ。更衣室に行くまでの間、従業員たちは誰もがガラス越しに彼女に視線を注いでいた。

「どうぞ。お入りください」わずかに皮肉をこめて、メグレは言った。

部屋に入ると、ダロマン嬢は、シーツで覆われた床の遺体を見つめた。その場に立ったまま、動こうとしない。それから、何ごとかつぶやいた。

「何と言ったんだ?」

「遺体のシーツをはずしてほしいと……」

シーツを取りはらう間も、メグレは彼女から目を離さなかった。遺体を目にすると、その恐ろしい光景に、彼女は身を震わせた。だが、すぐに落ち着きを取りもどした。

「クラーク夫人にまちがいないか、訊いてくれ」メグレは支配人に頼んだ。

だが、質問を聞くと、ダロマン嬢は肩をすくめ、いかにも不愉快そうにハイヒールの踵で床を踏みならした。支配人に何かを言う。

「何と言ったんだ？」

「クラーク夫人なのは、皆さん、わかっているはずでしょうと……」

「では、こう伝えてくれ。今から一緒に支配人室に来てほしい。そこで、訊きたいことがあると……」

支配人が通訳してくれている間、メグレは遺体にシーツを掛けなおした。彼女が返事をした。

「何と言ったんだ？」

「嫌だと言っています」

「何？　私は司法警察、特別捜査班の主任として話を聞きたい。そう伝えてくれ」

すると、ダロマン嬢は通訳を待たず、メグレの目を見つめながら、何ごとか、英語で言った。メグレは同じ言葉を繰り返すしかなかった。

「何と言ったんだ？」

「何と言ったんだ？」メグレの真似をして、彼女が言った。明らかに苛立っている。だが、その苛立ちの原因はよくわからなかった。

と、彼女がまるで独り言をいうように英語でつぶやいた。

「何と言ったのか、通訳してくれ。お願いだ」

「ダロマンさんが言うには……あなたが警察の人間だということは知っている。そんなものは……」

「かまわん。続けてくれ」

「そんなものは、頭にのっかっている帽子と、口にくわえているパイプを見れば、それだけでわかると……。申しわけない、警視。でも、警視が通訳してくれと言うから……。ダロマンさんは、支配人室に行くつもりはない、警視の質問に答えるつもりもない、とのことだ」

「どうしてだ？」

「訊いてみる」

ダロマン嬢は煙草に火をつけて支配人の言葉を聞いていたが、再び肩をすくめて英語で言った。

「正式な出頭命令書がなければ、尋問には答えない」支配人が通訳した。「ダロマンさんはそう言っている」

支配人の言葉が終わったとみると、彼女は最後にもう一度メグレを見て、くるりと踵《きびす》を返した。それから、あいかわらずアメリカ映画で見る女たちのように、ツンとすました様子で階段に向かっていった。
支配人が心配そうな顔で、こちらの様子をうかがった。だが、メグレが笑みを浮かべたので、驚いたような顔をした。

地階は室温があがっていたので、メグレはオーバーを脱がなければならなくなった。だが、帽子をとるつもりはなかった。パイプも口から離さない。そのほうが落ち着くのだ。そんな恰好で、メグレは両手をうしろで組み、長い廊下をぶらぶらと歩いていった。ガラス張りの部屋の中で興味を引くものがあると、立ちどまってしばらく眺める。それはまるで、水族館の水槽の前を歩いているようだった。

いや、確かにこのホテルの地階は水族館に似ていた。昼間でも照明がつき、ガラスの仕切りの向こうでは、魚ではないが、たくさんの人々がうごめいている。右に行く者、左に行く者、重い食材を運ぶ者、大きな鍋や皿の山を抱えて移動する者、配膳リフトや荷物専用リフトを動かす者。電話で連絡をとりあっている者たちもいる。

〈未開の土地で文明を知らない者がこの光景を見たら、何と思うだろう?〉メグレは心の中でつぶやいた。

検事局の現場検証は、いつもどおり数分で終わった。予審判事はメグレに捜査を一任してくれた。メグレは会計係のラミュエルの部屋から、二度か三度、司法警察に電話をした。そして、いくつかの興味ぶかい報告を受けた。

ラミュエルは鼻が曲がった男だった。あまりに曲がっているので、正面から見ても、横から見ているような気がするほどだ。顔色が黄色いのは、肝臓病を患っているせいだろう。実際、部屋に昼食が運ばれた時、ラミュエルは料理に手をつける前に、チョッキのポケットから白い粉薬を出し、コップの水に溶かして飲んでいた。

時計を見ると、午後一時になっていた。それから三時までの間、地階は忙しさの絶頂をきわめた。人々が休みなく手足を動かしている様子は、まるで映画を早まわしで見ているようだった。

「ごめんよ。ちょっと通して……」

廊下を歩いていると、たくさんの人がぶつかってくる。だが、メグレは平然と散歩を続け、立ちどまって部屋を覗いたり、時には中にいる人に質問をしたりした。

質問をした人の数は、おそらく二十人はくだらないだろう。料理長は厨房でどんなふうに料理が作られていくか、その流れを説明してくれた。ラミュエルは自分がホルダーに分類している青やピンクの伝票が何を意味しているのか、教えてくれた。

メグレはお供部屋で泊まり客たちの使用人が食事をしているところも、ガラス越しに見守った。ちょうどクラーク家の家政婦で、子供の世話係でもあるガートルード・ボーンズが降りてきたところで、ボーンズは席につくや、向かいに座った制服の運転手とおしゃべりをしながら、料理をたいらげていった。きつい顔をした、頑丈そうな女性だ。

「あの家政婦はフランス語を話すのか？」たまたま近くをルームサービスのボーイが通りかかったので、メグレは尋ねた。

「いいえ、ひと言も話しません」ボーイの返事はにべもなかった。

ガラスの仕切りの向こうで、メグレが特に興味を持って見たのは、カフェトリにいるプロスペル・ドンジュだった。ドンジュはその燃えるような赤毛のせいで、丸い水槽にいる金魚のように見えた。顔色も室温のせいで赤くなっているし、厚い唇も魚の唇を思わせた。

ドンジュは水槽の魚のように、時おりガラスに顔をぶつけて、びっくりしたように目を丸くした。ガラス越しにメグレと目があうと、不安そうに目を見張る。メグレにはその理由がわかっていた。これまで一度もドンジュに話しかけていないのだ。

メグレは地階の責任者的立場にいる者には、ひとり残らず声をかけていた。だが、プロスペル・ドンジュに対してだけは、まるで存在に気づいていないかのように無視していた。もちろん、ドンジュは死体の第一発見者だ。重要な証人であることはまちがいない。しかし、話を聞くのはあとにするつもりだった。このホテルにいる間ではない。

ラミュエルと同じように、ドンジュも自分の部屋で昼食をとった。まわりでは三人の太った女が忙しく働き、カフェトリ専用の配膳リフトを降ろす合図の音がひっきりなしに鳴っている。リフトが降りてくると、ドンジュは食事を中断して、中の伝票を確かめ、飲み物をのせると、また上の階にリフトを送っていた。

いくつもの配膳リフトがいろいろな料理をのせて、ホテルのさまざまな階に送られると考えると、かなり複雑に思えるかもしれない。だが、実際は思ったより簡単だ。一時から三時の昼食時間には、二百人から三百人の客が厨房の真上にある大きなレストランで食事をとる。だから、メインの厨房やデザート専門の厨房、カフェトリで作られた料理やケーキ、飲み物のほとんどは、そこに送られているのだ。とはいえ、コックたちが忙しいことに変わりはない。配膳リフトが降りてくるたびに、注文を伝える大声が飛びかった。

レストランに降りてこず、部屋で食事をとる人のためには、別の配膳リフトが使われる。各階にはその階専任のルームサービスのボーイがいて、泊まり客が注文した料理があがってくると、部屋に届けるのだ。また《マジェスティック・ホテル》にはグリル料理を専門に提供するレストランがあるが、そのレストランは客用の施設としては唯一、地階にあって、そこには配膳リフトではなく、廊下を使って料理や飲み物が運ばれていた。ちなみに、このグリルレストランは午後四時からはティールームに変わり、ダンスパーティーの会場としても使われている。

そのうちに、法医学研究所の人々が遺体を引き取りにやってきた。その前からいた鑑識課のふたりの職員は、八十九番のロッカーに残された指紋の証拠写真を撮るために、ロッカーに強い照明を当ててカメラのシャッターを押しまくっていたが、法医学研究所の人々が来た頃にはもう作業を終えていた。

だが、メグレはそういったことには、ほとんど関心を示さなかった。鑑識の結果なら、署に戻ってからでも知ることができる。

それよりも、このホテルの構造がどうなっているのか、そのことが知りたくなった。そこで、もうひとつの階段から上にあがって最初のドアをあけてみた。だが、すぐに閉めた。そこはレストランに通じる扉で、バックグラウンドミュージックとともに、人々のおしゃべりやナイフとフォークの音が聞こえてきたからだ。

さらにもう一階あがってドアをあけると、そこは客室フロアだった。赤い絨毯を敷いた長い廊下に沿って、番号のついた部屋が並んでいる。

つまり、この階段を使えば、泊まり客の誰もが地階に降りることができるのだ。いや、泊まり客だけではない。ポンチュー通りの従業員通用口を利用すれば、どんな人間でもホテルの地階に入りこみ、更衣室に行くことができる。シャンゼリゼ通りに面した正面玄関からでは、車係やドアマン、フロントマンに見られずにホテルに入ることは難しい。けれども、ポンチュー通りの従業員通用口からなら、誰にも見とがめられずに内部に侵入することができるのだ。

これは劇場と同じだ。ほとんどの劇場は正面入口こそ厳重に警備しているが、楽屋口からなら、誰でも自由に出入りできる。すなわち、犯人は従業員とはかぎらないということだ。

地階に降りると、従業員たちが仕事着で更衣室に入っていき、しばらく後には頭に帽子をのせて、私服になって出てくる姿を見かけた。

おそらく日勤と夜勤の交替が始まっているのだろう。料理長が昼食と夕食の間を利用して、休憩室に仮眠をとりにいく姿も目に入った。

四時になると、ティールームに変わったレストランのほうから大きな音楽の音が聞こえてきた。ダンスパーティーが始まったのだ。会場を覗きにいくと、カフェトリの主任のプロスペル・ドンジュが浮かない顔で、ずらりと並べた小さなティーポットにお茶を注ぎ、隣の小さな容器にミルクを入れているのが見えた。メグレに気づくと、ドンジュはガラスの仕切り越しに不安そうな視線を投げかけてきた。

五時。カフェトリで働く三人の女たちはこの時間であがりらしく、夜勤の女ふたりと交替した。ドンジュのほうは、六時になると、伝票の束と明細書を持って、ジャン・ラミュエルのもとに行った。それから、更衣室に行って、私服に着替えて出てきた。メグレはドンジュのあとをつけた。ようやく行動に移る時が来たのだ。

　昼間、ドアマンに話を聞いたところ、ドンジュは自転車通勤をしているが、今朝はその自転車がパンクしたらしく、ドアマンに修理を依頼していたという。修理が終わった自転車を押しながら、ドンジュは従業員通用口から出ていった。メグレはドアマンからホテルの自転車を借りてあとを追った。自分の体格からしたら小さすぎるが、この際、しかたがない。

　外に出ると、もう日は暮れていた。ポンチュー通りは混雑していた。ドンジュはタクシーやバスをよけながら、シャンゼリゼ通りに向かっていった。だが、シャンゼリゼに入って、エトワール広場（現シャルル・ド＝ゴール広場）の近くまで来たところで急に引きかえして、ポンチュー通りに戻った。ラジオを専門に扱っている電器店に入っていく。メグレはそっと中の様子をうかがった。どうやらドンジュは月賦でラジオを購入したらしく、三百数フランの小切手にサインしていた。

　それから、またシャンゼリゼに戻ると、エトワール広場からフォッシュ通りに入った。通りは静かだった。稀に車が滑るように通りすぎていくだけで、騎馬道《アレ・カヴァリエール》を行く者もいない。ドンジュはゆっくりとペダルを漕いでいた。郊外の家までの長い道のりを、毎日決まった時刻に自転車で帰宅する善良な市民――まさに、そんな自転車の漕ぎ方だ。

メグレはドンジュに追いつくと、うしろから声をかけた。

「ドンジュさん、少しご一緒してもかまわないかね？」

いきなりのことでびっくりしたのか、ドンジュは急ブレーキをかけた。その拍子にハンドルがぶれて、メグレの自転車とぶつかりそうになった。

「郊外に住んでいる人は、どうしてみんな、あんたがしているように自転車で通勤しないのだろう？」メグレは続けた。「路面電車やバスを使うより、そのほうがずっと気持ちがいいだろうに……。健康にもよいしな」

ドンジュは「ええ」とか「はあ」とか、言葉少なに返事をした。そのうちに、ふたりはブローニュの森に入った。湖まで来ると、街灯の明かりが湖面にきらめいていた。

「昼間は忙しそうにしていたね。それで話しかけなかったのだ。仕事の邪魔をしたくなくてね」

メグレもまた規則正しくペダルを漕いでいた。自転車には乗りなれている。時おり漕ぐのをやめると、フリーホイールの軽やかな音が聞こえる。

「会計係のラミュエルさんが、《マジェスティック・ホテル》に来る前に何をしていたか知ってるかね？」

「銀行の会計係だったそうです。コーマルタン通りにあったアトゥム銀行の……」

「アトゥム銀行だって？　あそこに勤めていたとは、あまり感心しないね。信用のできる男なのか？」

「さあ……。身体を悪くしているのは確かなようです」ドンジュはつぶやいた。

「おっと、歩道に乗りあげてしまうぞ。気をつけて……」メグレは言った。「もうひとつ質問がある。個人的なことですまんが……。あんたはカフェトリの主任だったな。それなら訊くが、どうしてその仕事を選んだのだ？　つまり……。なりたくてなるものではないと思うのだが……。十六や十七の時に、将来はカフェトリの主任になるぞ、なんて思う人間はいないだろう」

その時、ドンジュの自転車がまたふらついたので、メグレは声をあげた。

「気をつけろ。そんなにふらふらしていると、しまいには車道に入って車に撥ねとばされるぞ！　で、何か言ったか？」

ドンジュは暗い声で、自分は養護児童で、十五歳になるまではヴィトリ＝ル＝フランソワの近くの農園で育てられたが、その後、町に出て最初はカフェのドアマンとして、それから給仕として働くようになった、と説明した。

「でも、兵役のあとで身体を悪くして、南フランスで暮らすことにしたんです」ドンジュは続けた。「最初はマルセイユでカフェの給仕をして、それからカンヌに移って……。で、結局、《ミラマール・ホテル》のカフェで働くことになったんですが、支配人は私の顔に疱瘡の痕が残っているのを見ると、『きみの外見じゃ、直接、お客に接しないほうがいい』と言いました。正確には、『きみは見た目が汚いから』と……。それでカフェトリに配属されたんです。カフェトリなら、客の目に触れない場所でコーヒーを準備していればよいので……。《ミラマール・ホテル》には数年いました。それから、この《マジェスティック・ホテル》にカフェトリの主任として呼ばれたんです」

ふたりはブローニュの森を抜けて、セーヌの河岸を行き、サン＝クルー橋を渡った。そのあと、ふたつか三つ路地を抜けたところで、坂道の下に着いた。かなりの急勾配だ。ドンジュが自転車から降りて訊いた。

「まだ一緒にいらっしゃいますか？」

「迷惑でなければ……」メグレは答えた。「一日中、ホテルの地下で過ごしてみたら、あんたが郊外に住もうと思った理由がよくわかったよ。庭いじりはするかね？」

「少しだけ……」

「花か？」

ってのぼっていった。道は暗かった。

そんなやりとりをしながら、ふたりは自転車を押して、舗石のはがれた急な坂道をのぼっていった。道は暗かった。

「ホテルをうろつきながら、あちこちで話を聞いたのだが……」メグレは言った。「昨日の夜から今朝にかけて、少なくとも三人の従業員がホテルで夜を過ごしている。まずは会計係のジャン・ラミュエルだ。話によると、ラミュエルは性格のきつい愛人と一緒に住んでいて、何かあるとすぐに家から追い出されてしまうらしい。今回もそんなことがあって、三日か四日前から休憩室で眠っていた。興味ぶかいことにね。《マジェスティック・ホテル》では、そういったことが許されているのか？」

「規則では禁じられています。でも、支配人は目をつぶっています」

「ふたり目は、ダンスパーティーで女性客をエスコートする、踊り手のゼビオだ。ホテルでは〈ゼビオ〉と呼ばれているんだろう？　奇妙な男だ。見た目は生粋のアルゼンチン人のように見える。ダンスパーティーの会場に貼られたポスターにも、写真の横に《エウゼビオ・ファルデス》といういかにもアルゼンチン人らしい名前が印刷されている。ところが身分証明書を見ると、生まれたのは北フランスのリールで、本名はエドガール・ファゴネとなっている。髪もアルゼンチン人のように黒いのに……。昨日のダンスパーティーは有名な映画女優を招いた晩餐会のあとに開かれたので、ゼビオは午前三時半までホテルに残っていた。普通だったらタクシーで帰るところだが、生活が苦しいので節約したかったのだろう。そこで、ホテルの休憩室に泊まったというわけだ。三人目はもちろん、夜勤のフロントマンだ」

と、その時、ガス灯の近くでドンジュが立ちどまった。困ったような顔をして、頬を赤く染めている。

「どうしたんだ？」メグレは尋ねた。

「家に着いたんです。だから……」

家は珪石でできていた。玄関の扉の下から明かりが洩れている。

「これから少しだけお邪魔したら、迷惑かね？」メグレは訊いた。

ドンジュは卒倒しそうな顔をした。おそらく膝が震えているにちがいない。しばらくして、かすれた声でドンジュが言った。

「どうぞ……」

ポケットから鍵を取りだし、扉をあける。それから、自転車を押して、廊下の端にとめると、いつものことなのだろう、奥に声をかけた。

「私だ」

廊下の奥はガラス戸になっていて、明かりがついている。ドンジュのあとについて入っていくと、そこは台所だった。

「シャルロット、紹介するよ……」

シャルロットは、オーブンの前に置いた椅子に座っていた。少し背をのけぞらせて、オレンジ色の絹のスリップをつくろっている。足先が冷えるのか、余熱で温まっているオーブンの中に足を入れている。

「シャルロット、お客さんだ」ドンジュがまた声をかけた。

それを聞くと、シャルロットはあわてて足を引っ込め、椅子の下にあったスリッパを履いた。

「あら、気がつかなくて……。申しわけありません、ムッシュ」

テーブルの上には飲みおわったコーヒーのカップと、クッキーのくずが散らばった皿があった。

「どうぞ、入って。お座りください。プロスペルがお客さんを連れてくることはめったにないんですよ」

部屋は暑かった。ラジオの放送が流れている。見ると、真新しい立派な受信機があった。

シャルロットは部屋着姿で、穿きかけたストッキングを膝のところで丸めている。

「紹介するよ。警視さんだ」

「警視さん？」その言葉に、シャルロットは心配そうな顔をした。「何かあったんですか？　プロスペルが何か？」

「いや、マダム。実は《マジェスティック・ホテル》で事件があって、それでご主人と知り合いになったんだが……」

その「ご主人」という言葉に、シャルロットはドンジュのほうを見て笑った。

「この人が言ったんですか？　あたしたちが結婚しているって……」

「いや、私がそう思っただけで……」

「結婚だなんて、とんでもない！　まあ、お座りになって……。あたしたちはただ一緒に暮らしているだけなんです。仲のよい友だち。まあ、そんなようなものです。そうでしょ？　プロスペル。この人とはもうずいぶん前からの知り合いなんです。この人と結婚したいかって？　よくこの人にも言うんですけどね。結婚して、何が変わるのって……。何も変わりゃしない。あたしは昔、コートダジュールのキャバレーの踊り子で、それからホステスになって……。そして、今は太ってしまったせいで、フォンテーヌ通りのキャバレーでトイレの番をしている。もし太らなければ、そうはならなかったでしょうけど……。でも、そうなっちゃったんです。あたしのまわりの人間なら、誰もが知っているようにね。

なんにも変わらない。そうだ、プロスペル。ラジオの月賦は払ってきたの？」

「払ってきたよ」

ラジオでは農業の話をしていた。シャルロットはスイッチを切った。部屋着の裾が乱れた。そして、自分でもそれに気づいたのだろう、すぐに安全ピンで留めた。オーブンの上ではミロトン（牛肉とたまねぎの煮込み、マスタード風味）か何かがぐつぐつと煮えている。シャルロットはオーブンを見て、テーブルを見た。食事の支度をしていいものか考えているようだ。ドンジュのほうは、どうしていいかわからない様子で突っ立っていた。それから、ようやく決心したようにシャルロットに言った。

「私たちは居間に行こうか？」

「だめよ、居間の暖炉には火を入れてないもの。ふたりとも凍えてしまう……。あたしは二階で着替えてくるから、お話があるならここでしなさいよ。あたしはもう出かけるんだから……。いえ、警視さん、あたしとドンジュは入れちがいの生活を送っているの。毎朝、あたしが仕事から戻ってくると、ドンジュが出かけていく。で、彼が帰ってくると、今度はあたしが出かける番。一緒に過ごすのは晩ごはんの時だけ……。休みの日も同じじゃないし……。だから、ホテルが休みの時は、この人、自分でお昼の用意をしなければならないの。警視さん、一杯、いかが？　プロスペル、警視さんに何か差しあげてくれない？

あたしは二階に行くから……」

メグレは急いで口をはさんだ。

「ああ、マダム、とんでもない。どうか、ここに残って。私はすぐに失礼するから……。私はただ、ご主人……ドンジュさんにいくつか訊きたいことがあって、お邪魔しただけだ。というのも、事件は《マジェスティック・ホテル》の地階で起きたんだが、その時、地階にはドンジュさんのほか数人しかいなかったのでね」

この言葉がドンジュにとって残酷であることはわかっていた。実際、ドンジュの顔には――金魚にも羊にも見えるドンジュの顔には、激しい不安の色が浮かんでいた。明らかにドンジュは気持ちを落ち着けようとしていた。そして、ようやくそれに成功したかにも見えた。だが、内心で恐怖に慄《おのの》いているのは、まちがいない。

シャルロットのほうは別に不安を感じている様子はなかった。ドンジュの代わりに酒を用意し、金縁の小さなグラスに注いでいる。

「じゃあ、従業員同士で何かあったの？」ふと気になった様子で、彼女が尋ねた。ドンジュとちがって、平然としている。だが、それがいつまで続くか……。

「確かに事件は地階で起きている。でも、従業員同士のいざこざではないんだ」メグレは答えた。「被害者はホテルの泊まり客だ。金持ちの奥さんで、夫と息子、家から連れてきた家政婦、息子の家庭教師と一緒に《マジェスティック・ホテル》に泊まっていた。一日の宿泊料金が千フランを超すスイートルームにね。ところが、その女性が今朝、絞殺死体で発見されたんだ。泊まっていた部屋ではなく、地階の更衣室で……。いろいろな状況から考えて、殺されたのは確実だ。しかし、どうしてその女性は地階に降りてきたのだろう？　誰かがおびきだしたのか？　では、どうやって？　金持ちの泊まり客なら、普通はまだ眠っている時間だろう」

それを聞いても、シャルロットは特別な反応は示さなかった。ただ、何かを思いついて、すぐにその考えを振りはらったように、少しだけ眉をひそめた。それから、ストーブに手をかざしているドンジュにちらっと目を走らせた。ドンジュの手はごつごつしていて、赤い毛に覆われていた。だが、血の気がなく、真っ白だった。

メグレは容赦なく続けた。

「つまり、クラーク夫人が地階に何をしに降りてきたか、まったくわからないのだ。突きとめるのは簡単ではない。そうそう、被害者の女性はクラーク夫人というのだ」

そう言うと、メグレは息を止めた。じっと、テーブルクロスを見つめるふりをする。誰も何も言わない。針が落ちてもわかるほどの静けさだ。

見ると、シャルロットの様子が変わっていた。身体が固まっている。唇も開きかけたままで、どんな言葉も出てこない。メグレは彼女が驚きを呑みこむのを待った。すると、ようやく、唇から混乱したような声が洩れた。

「ああ……」

しかたがない。こうして相手を揺さぶり、話を聞きだすのが自分の役目なのだ。それが仕事なのだ。

「クラーク夫人を知っているね？」シャルロットに対して、メグレは攻撃を仕掛けた。

「あたしが？」

「クラーク夫人という名前ではなく、別の名前で知っているはずだ。クラーク夫人という名になったのは六年前からだからね。その前はエミリエンヌ、いやミミと名乗っていた。そう、六年前、夫人はミミという名で、カンヌでホステスをしていたんだ。ちょうど、あんたがカンヌで……」

シャルロットは思い出そうとしているように、天井を見あげた。かわいそうに、なんとかこの場をごまかそうと演技をしているのだ。目が——特に目の演技が必死すぎる。

「エミリエンヌ？　ミミ？　さあ、覚えてないけど……。カンヌだってことは、まちがいないの？」

「まちがいない。クロワゼット通りの裏手にある《ラ・ベル・エトワール》という名のキャバレーだ。今はもうなくなっているがね」

「びっくりね……。ミミなんて人、いたかしら。ちっとも覚えてないけど……。プロスペル、あなたは？　あなたは覚えてる？」

ドンジュは首に手をやった。息が詰まりそうなのだろう。ペンチで喉を締めつけられたような顔をしている。こんな状態で、まともに返事ができるわけがない。

「い……いや」やっとのことで、ドンジュが言った。

部屋の見かけは、入ってきた時と変わらない。壁からは新築の家の匂いがする。オーブンの鍋では、きつね色のたまねぎソースの中で牛肉が煮えている。いかにも家庭的な音と匂いだ。テーブルクロスは麻に防水用の亜麻仁油を塗った赤と白のチェックのもので、皿の上にはクッキーのくずが散らばっている。太った女の常で、シャルロットも菓子がないといられないのだろう。メグレはあらためてシャルロットを見つめた。

シャルロットは膝につくろいかけのオレンジ色のスリップをのせている。それは入ってきた時と変わらない。

だが、部屋の中では静かに悲劇が進行していた。もちろん、見かけだけではわからない。もし誰かが今、この台所に入ってきたら、ドンジュとシャルロットが夕食前のひと時を隣人と穏やかに過ごしているところだと思っただろう。

ただ、それにしては誰も口を開かないのだ。隣人と穏やかに過ごしているにしては……。ドンジュはストーブの前に立ったまま、目を閉じている。淡いブルーの目を……。かわいそうに、顔は小さい時に患った疱瘡のせいであばただらけになっている。突然、ドンジュの身体が揺れて、床にくずおれそうになった。

メグレは息を吐いて、立ちあがった。

「いや、お邪魔をしてすまなかった。私はそろそろ……」

「じゃあ、あたしが玄関まで……」シャルロットが言った。急におしゃべりになっている。

「あたしもそろそろ着替えをしなきゃならないの。仕事場には夜の十時までに行かなくちゃならないから……。この時間だと、バスはもう一時間に一本しかないし。だから……」

「では、おやすみなさい、ドンジュさん」メグレは声をかけた。

「おやす……」

きっとドンジュは最後まで言ったのだろう。だが、よく聞こえなかった。外にはホテルから乗ってきた自転車がそのまま止めてあった。背後で玄関の扉が閉まる音がした。メグレは鍵穴から中の様子を覗きたくなった。だがその時、誰かが通りを歩いてきたので、思いとどまった。鍵穴から中を覗いている姿など、見られたくはなかった。

自転車に乗って、ブレーキをかけっぱなしにしながら長い坂を降りる。降りきった先にはビストロがあった。

「すまないが、明日までこの自転車を預かってくれないか？　朝になったら、誰かに取りにこさせるから……」

そう言うと、メグレは適当な酒を一杯ひっかけ、バスに乗るためにサン＝クルー橋に向かった。だが、部下のリュカがもう一時間も前からあちこちに連絡して、自分を探していたことは知らなかった。

3　キャバレー《ペリカン》のシャルロット

「あら、メグレさん、やっとお帰り？」

リシャール＝ルノワール通りにある自宅のアパルトマンで、メグレは思わず笑みを浮かべた。妻が自分のことを「メグレさん」と呼んだからではない。妻はふざけて、よくそう呼ぶことがあるのだ。そうではなく、扉をあけるなり、自分を迎えた夕食の匂いが、ドンジュの家の夕食の匂いを思い出させたからだ。

今はもうサン＝クルーからはかなり離れた場所にいる。ドンジュの家とは雰囲気もちがっている。まったく別の世界だ。それでも、家に入ると、妻は縫物をしている。台所ではなく食堂であるところはちがっているし、オーブンに足を突っこみながらではなく、小型のストーブに足をのせてではあるが……。注意してみれば、どこかにクッキーのくずが散らばっているにちがいない。

丸いテーブルの上方には照明ランプがさがっている。テーブルクロスの上には口の広いスープ鉢とワインのカラフ、水の瓶、さらに銀のリングに通したナプキンが置いてある。そして、台所から漂ってくる料理の匂いは、まさにミロトンだった。

「もう三回も電話があったのよ」

「〈メゾン〉から？」

〈メゾン〉――〈家〉というのは、オルフェーヴル河岸にある司法警察のことだ。メグレや部下はそう呼んでいるのだ。

電話があったのなら、こちらからかけなければならない。その前に、メグレはオーバーを脱ぎ、ほっとひと息ついた。ストーブに手をかざす。そして、先ほど、ドンジュも同じ仕草をしていたことを思い出した。それから、ようやく受話器をはずすと、司法警察の番号をまわした。

「ああ、ボスですか？」電話に出たのはリュカだった。あいかわらず、いい声だ。「調子はどうです？　何か新しいことは？　私のほうはいくつか警視にお伝えしたいことがありまして……。それで残って、ボスからの電話を待っていたんです。まず、家庭教師のことですが……。ええ、エレン・ダロマンのことです。

この女については、ホテルを出たので、ジャンヴィエに尾行させたんですが、この女のことをジャンヴィエが何と言ったと思います？　あれは家庭教師なんかじゃない、アメリカにいた時はギャングだったにちがいないって言ったんですよ。

もしもし……わかりました。起こったことを簡潔に話します。エレン・ダロマンがホテルを出たのは地階でボスと話した、すぐあとのことです。ホテルの前で順番待ちをしているタクシーに乗るんじゃなく、通りに出ていきなり流しのタクシーを拾ったんで、ジャンヴィエはすぐに追いかけることができず、見失うんじゃないかと冷やひやしたそうです。それでもなんとかあとをつけていくと、ダロマンはグランブールヴァールでタクシーから降り、地下鉄の駅に駆けこんでいきました。けれども、それは尾行をまくためで、別の口から地上に出ると、またタクシーを拾いました。ジャンヴィエは今度も必死で食らいつきました。そして、とうとうリヨン駅までついていくのに成功したのです。ただ、持ちあわせがなかったので、ダロマンが列車に乗ってしまったら、どうしようと心配だったそうです。

リヨン駅では四番線からローマ特急がまもなく出発するところでした。出発時刻まで十二、三分くらいだったそうです。ダロマンは車両をひとつひとつ見ていきました。でも、探していた人は見つからなかったらしく、がっかりした様子で改札のほうに戻ってきました。と、そこに旅行鞄を持った、背の高い優雅な男が現れたんだそうです」

「オズワルド・J・クラークだ」はっと身を起こして、メグレは言った。それまでは、リュカの話を聞きながら、ぼんやりと妻のほうを眺めていたのだ。「ダロマン嬢は事件のことをクラーク氏に伝えておきたかったのにちがいない。クラーク氏が列車に乗って、ローマに発ってしまう前に……」

「ジャンヴィエによれば、ふたりは雇い主と家庭教師というよりは、仲のよい友人同士といった感じだったそうです。クラークにはまだお会いになっていませんね？　背の高い痩せた男で、アメリカの野球選手のようにあけっぴろげで、健康そうな顔をしているとのことです。ふたりは話をしながらプラットホームを歩いていましたが、クラークは事件のことを知っても、まだ列車に乗ろうかという素振りを見せていたとのことです。実際、列車がゆっくりと動きだしてからも、まだ決心がつかない様子だったそうです。というのも、その時になっても、客車のステップに飛び乗ろうという構えを見せていたとのことですから……。

でも、結局、列車には乗らず、ふたりは駅を出ました。それからタクシーを拾い、ガブリエル通りにあるアメリカ大使館に行ったそうです。

大使館を出ると、今度はフリードランド通りの〈事務弁護士〉のところに行きました。アメリカで言う〈ソリシター〉ってやつで、法廷には立たず、法律上の事務やアドバイスをしてくれる弁護士です。

で、ここからは予審判事から聞いたことですが、この〈事務弁護士〉から判事のところに電話があって、それから四十五分後には裁判所《パレ・ド・ジュスティス》にクラークとエレン・ダロマン、弁護士の三人が判事を訪ねてきたそうです。判事はすぐさま三人を部屋に導きいれたとのことです。

そこでどんな話し合いが行われたのかは、私にはわかりません。でも、判事はボスが戻ってきたら、すぐに電話をしてほしいと言っていました。どうやら緊急の用件みたいです。最後にもうひとつ。ジャンヴィエの話によると、クラークたち三人は裁判所を出ると、遺体の正式な身元確認をするために法医学研究所に行ったそうです。それから三人で《マジェスティック・ホテル》に向かったとのことですが、ホテルではクラークが弁護士と一緒にバーで二杯ほどウィスキーを飲み、家庭教師のほうはスイートルームに戻ったということです。

ご報告することはこれですべてです。予審判事は急いでボスと連絡を取りたがっています。メグレ警視が戻ってきたら、すぐに電話をくれと……。今、何時ですか？……そうですか。午後の八時までだったら自宅にいるとのことだったんですが……。番号は《チュルビゴ局二五-六二》。そのあとだったら、知人の家で会食をしているので、そこに電話してほしいと……。番号は……ちょっと待ってください。ああ、《ガルヴァニ局四七-五三》です。

ということで、もう私は帰ってもいいですか？……今夜の当直はデュキュアンとトランスです。……はい、それでは」

「ねえ、もうスープをよそってもいい？」

電話を切ると、ため息をつきながら、妻が尋ねてきた。ちょっと不満そうに、服についた糸くずを払っている。

「まずタキシードを用意してくれ」メグレは言った。

もう八時は過ぎている。メグレは《ガルヴァニ局四七‐五三》のほうに電話をした。検事の家の番号だ。この検事はまだ若い。電話に出たのは家政婦だった。背後からナイフやフォークの触れあう音、そして愉快そうな話し声が聞こえた。

「予審判事さんをお呼びすればいいんですね？」家政婦が言った。「どちらさまで？……ネグレ警視さんで？」

予審判事が電話に出るのを待つ間、寝室のほうを見ると、開いたドアから鏡つきの簞笥が見えた。簞笥の中から妻がタキシードを取りだしている。

「ああ、警視かね？」判事が出てきて言った。「いやはや……。きみはどうやら英語が話せんようだな。そうだろう？……もしもし！　切らないでくれ……。何、ちょっとそう思ったただけだ……いや、つまり……。そうだ。今朝の事件のことだよ。もちろんだ……。それもあってね。きみは直接、関わらないほうがいいと思うんだよ。その……クラーク氏や家庭教師の女性とは……」

メグレは唇に皮肉な笑みを浮かべた。

「今日の午後、クラーク氏が私のもとに訪ねてきてね。家庭教師と一緒に……。クラーク氏は重要人物だ。交際範囲が広く、上のほうにも顔がきく。実際、クラーク氏が来る前にアメリカ大使館から電話があって、クラーク氏は素行のよい立派な人物なので、乱暴な扱いはしないようにと注意を受けたくらいだ。わかるだろう？　この状況で、下手な真似はできんのだ。

それにクラーク氏は〈事務弁護士《ソリシター》〉を連れてきていてね。クラーク氏の供述をきちんと記録するようにと、私に要求するんだ。もしもし！　ちゃんと電話口にいるんだろうな？　警視！」

「もちろんですよ、判事。ちゃんと話を聞いています」

電話の向こうで、フォークの音が鳴った。話し声はやんでいる。会食者たちは判事の話に耳をすませているのだ。

「これからのことについて、簡単に伝えておく」判事が言った。「明日の朝、私の事務官がクラーク氏の供述をきみのところに持っていく。つまり、クラーク氏に対する尋問はこれで終了しているということだ。クラーク氏はローマに発ち、そのあとは、仕事の関係でヨーロッパ各国の首都をまわることになっている。それとしばらく前から、クラーク氏は家庭教師のエレン・ダロマンと婚約している」

「失礼ですが、判事。今、『婚約』とおっしゃいました？　『しばらく前から』……。でも、クラーク氏は結婚していたのでは？」

「そのとおりだ。もちろん、そのとおりだ。だが、離婚するつもりだったんだ。それなら、不思議はないだろう？　奥さんには言ってなかったらしいがね。だから、『婚約』と言ってもいいんだ。でも、正式には離婚していなかったので、いろいろと工夫はしていたようだがね。ローマ行きの件とか……」

「本来の予定より、一日早くローマに行くと言って、実はパリでダロマン嬢と一夜を過ごしたということですね。たいした工夫です」

「そうだ。だが、そう皮肉を言うものではない。午後に会った印象では、クラーク氏は本当に立派な人物だったぞ。それに、アメリカと我が国では習慣もちがっている。あちらでの離婚ときたら……。いずれにしろ、クラーク氏はローマに行かず何をしたのか、その夜のことを自分から話してくれたのだ。私は一応、司法警察に電話をして、たまたま出たデュキュアンという刑事にクラーク氏のアリバイの裏を取るように頼んでおいたが、クラーク氏が本当のことを言ったのはまちがいないと思っている。だから、ここは用心して……」

その言葉が何を意味するかは、もうわかっていた。要するに、〈我々はアメリカ大使館の保護を受けた重要な人物と関わっている。だから、ここは用心して、きみはクラーク氏とは関わらないでくれ。きみは遠慮というものを知らないから、クラーク氏の感情を損ねる恐れがある。ホテルの地階の従業員や、ほかの連中の捜査はきみに任せよう。だが、クラーク氏は私が担当する。私自身が！〉ということだ。

「わかりました。判事、では、どうぞ楽しいご会食を……。失礼します」

そう言って電話を切ると、メグレは妻に声をかけた。

「スープをよそってもいいぞ。マダム・メグレ」

時刻は午前零時少し前だった。司法警察の広い廊下には誰もいない。薄暗い照明に照らされて、埃がまるで霧のように舞っていた。タキシードを着ているので、靴はめったに履かないエナメル靴だ。その靴が初聖体拝領の時に履いた靴のように、床の上できゅっきゅっと鳴った。

執務室に入ると、メグレはまずストーブに火を入れ、両手をあぶった。それから、パイプをくわえ、刑事たちのいる部屋に入った。デュキュアンとトランスには来ることを知らせてある。

ふたりはそこにいた。ふたりともかなり上機嫌で、デュキュアンがトランスに何か冗談を言っている。

「どうだ？　調子は？」

そう言うと、メグレは椅子ではなく、あちこちにインクの跡があるテーブルに腰をおろした。パイプの灰を床に落とす。この部屋では誰もが気楽な恰好をしている。そこで、メグレも帽子をうしろに下げた。デュキュアンとトランスは、近くのレストラン《ブラッスリ・ドーフィーヌ》からビールを取りよせて、飲んでいた。ふたりがボスの分も忘れずにビールを注文してくれていたので、メグレは満足した。

「ボス、クラークってのは、なかなかのやつですぜ」デュキュアンが言った。「聞き込みをするのに、背恰好や顔の特徴を頭に叩きこんでおこうと思って《マジェスティック・ホテル》に下調べに行ったんですがね、ちょっと見ただけで、普通の人間じゃないってわかりましたよ。どこからどう見ても、実業家です。ああ、そうそう、昨日の夜、クラークがどこで何をしていたかも、ちゃんと裏を取っていますよ。供述に嘘はありませんでした」

デュキュアンが話している間、メグレはトランスが自分の着ているタキシードシャツや真珠のカフスをちらちらと盗み見ているのに気づいた。確かに、こんな恰好をすることはめったにない。

「まあ、聞いてください」デュキュアンが話を続けた。「クラークはまず、家庭教師のお嬢ちゃんとルピック通りの小さなレストランで夕食をとりました。十二フランの定食を出すレストランでね。店の主人はふたりのことをよく覚えていましたよ。そりゃあ、そうでしょう。あんな店でシャンパンを注文する客なんて、ほとんどいないはずだから……。で、食事が終わると、主人に訊いたそうです。このあたりに木馬はないかって……。ふたりの説明が悪かったので、最初はなんのことかわからなかったそうですが、結局、メリーゴーランドのことだろうって、トローヌ広場の遊園地を紹介したとのことです。

そこでおれはトローヌ広場に行って、聞き込みをしました。ふたりが木馬に乗ったかどうかは知りません。たぶん、乗ったんじゃないかって思いますけど……。射的もやりました。それは確かです。きれいな女を連れた、背の高い痩せた男が百フラン以上使ったと、射的屋の女が覚えてましたから……。まあ、それだけ使えば、覚えてますよね。

で、ふたりは恋人同士のように腕を組んで、人ごみの中を歩いていったそうです。でも、それだけじゃありません。面白いのはこれからです。

ボスは《鋼の腕のウージェーヌ》っていう見世物を知ってますか？　ウージェーヌのところにはプロレスラーだったという大男がひとりいるんですが、その男がリングの上でさんざん腕っぷしの強さを見せて客を集めたあと、誰かこの男に挑戦してみませんかと、客に呼びかけるんです。そしたら、なんとクラークが手をあげたそうで……。やつは小便くさい垂れ幕のうしろで上着を脱いで、リングにあがったかと思うと、その大男をのしちまったそうです。リングの最前列では、家庭教師のお嬢ちゃんが拍手喝采していたでしょうね。その様子が目に浮かびますよ。見物人たちも、『いいぞ、イギリス人、やっちまえ。鼻に一発食らわせろ』と叫んでいたようです。

そのあと、ふたりは《ムーラン・ド・ラ・ギャレット》に踊りに行っています。それから、午前三時に《ラ・クーポール》に行って、ソーセージのグリルを食べています。それが終わると、おとなしくおねんねしに《エグロン・ホテル》に帰ったようで……。

このホテルには夜勤のフロントマンがいなくて、警備員がひとりいるだけなんですが、警備員は小部屋で仮眠していて、夜中に泊まり客が外から帰ってくると、その小部屋にある開閉ひもを引いて扉をあけるやり方をしています。なので、客が帰ってきても、誰なのかはわからないとのことです。ただ、昨夜は午前四時頃にひもを引いて扉をあけた時に、誰かが英語で話しているのを聞いたそうです。また、そのあとは、朝まで誰もホテルから出ていった者はいないと言っています。

以上で、報告を終わります。でも、《マジェスティック・ホテル》に泊まるような人間にしては、まったく奇妙な夜の過ごし方をしたもんで……。そうは思いませんか？」

メグレは肯定も否定もしなかった。ただ腕時計の時間を見る（この時計は結婚して二十年の記念に妻からもらったもので、特別な時にしかつけない）。それから、椅子がわりに使っていた机から離れた。

「じゃあ、私は行く。ありがとう」

だが、扉まで行ったところで引き返した。ジョッキにまだビールが残っていたのだ。通りに出ると、タクシーを探してぶらぶら歩く。二、三百メートル行ったところで、ようやくタクシーが見つかった。

「モンマルトル。フォンテーヌ通りへ」

午前一時だった。だが、モンマルトルでは、夜が最高潮に達する時刻だ。キャバレー《ペリカン》の玄関では黒人のドアマンに迎えられた。客として来たので、クロークでは帽子とオーバーを預けざるを得なかった。捜査で来る時にはオーバーも帽子も身につけたままなのだ。ホールに入ると、色とりどりのコットンボールや紙テープが飛びかっているところだった。なんとなく居心地の悪い思いがして、メグレは身体を揺すった。

「テーブル席ですか？　どうぞこちらに。おひとりさまですね」給仕長が尋ねた。

メグレは給仕長をどなりつけてやろうかと思った。いつも来ているのに、どうしてわからないのだ。顔を忘れたのか！

〈馬鹿たれが！〉心の中でつぶやく。

バーテンダーのほうは遠くからでも気づいたらしく、近くにいたホステスに耳打ちしていた。ホステスはふたりいて、ふたりともマホガニーのカウンターに肘をついていた。と、ホステスのひとりが立ちあがって、裏に消えた。

テーブル席に腰をおろすと、メグレはブランデーの水割りを注文した。この店ではビールを出さないのだ。十分後、ホステスから知らせを受けたのだろう、店の経営者がやってきて向かいの席に座った。

「警視さん、何か厄介なことではないでしょうね？　うちが法令を遵守していることは、警視さんもご存じだと思いますが……」

そう心配そうに口にすると、経営者は何が問題で警察がやってくることになったのだろうと、店内を見まわした。

「厄介な問題は何もない」メグレは答えた。「ただ、気晴らしに来ただけだ」

そう言って、ポケットからパイプを取りだす。だが、経営者の視線でパイプは禁じられているのだと気づき、またポケットにしまった。

「何かお役に立つ情報があれば、喜んでご提供しますが……」片目をつぶって見せながら、経営者がささやいた。「でも、私はこの店の従業員のことをよく知っています。その中で、誰ひとりとして、警視さんが興味を持つ人間はいないと思いますよ。お客さまのほうは、ご覧のとおり、常連さん、外国からの観光客、それに地方からのおのぼりさんたちです。ほら、あのテーブルでレアがお相手しているのは下院議員さんですよ」

メグレは黙ってうなずくと、立ちあがって、地下に降りる階段にゆっくりと向かった。地下は明るく、壁は一面、青みがかった陶器のタイルで覆われている。階段の近くには光沢のあるマホガニー色の電話ボックスが並び、奥にはトイレがある。その前には鏡があって、その脇の長いテーブルには、化粧直しに来たホステスたちのために、櫛やブラシ、マニキュア、ありとあらゆる色のパウダー、口紅などが置かれていた。すべて売り物だ。トイレの番をしながら、シャルロットが売っているのだ。

「あの人と踊ると、いつもこうなっちゃうのよ。シャルロット、ストッキングをひとつくれない？」

イブニングドレスを着て、テーブルの近くの椅子に座っていた小柄な女が言った。女は破れたストッキングを脱いだところだったのだろう、シャルロットがテーブルの引き出しからストッキングを出してくるまでの間、ドレスの裾をまくりあげたまま素足を見つめている。

「サイズは四十四ね。薄手のものでいいのよね？」

「そうよ。こっちに持ってきてくれる？　まったく、踊り方も知らないんだから……。こういうところに来るなら、それくらい……。ああ、ありがとう」

シャルロットに礼を言うと、女は鏡に映ったメグレをちらっと見て、新しいストッキングを穿きはじめた。だが、こちらが気になるのか、何度も視線を送ってくる。すると、それに気づいて、シャルロットがこちらを向いた。彼女の顔が青ざめたのがわかった。

「あら……」

そう言って、シャルロットは笑おうとした。夕方、見たのと同じ女とは思えない。クッキーをたらふく食べて、オーブンで足を温めていた女とは……。サン＝クルーの一軒家で見た女とは……。

ブロンドの髪はきちんとセットされ、分け目も乱れていない。肌はピンクのお菓子のようだ。服は黒い絹のふんわりした形のもので、デザインはシンプルだが、その上にひらひらのレースのついた、かわいらしいエプロンをつけている。ひと昔前の小間使いが着ているような衣装だ。

「じゃあ、シャルロット、お金は今度、今までのと合わせて払うわね」

「もちろん、それでいいわ」

小柄な女はメグレの様子から自分がいると邪魔だとわかったようで、靴を履くと一階にあがる階段のほうに急いでいった。

その間、シャルロットはテーブルの上を片づけているような素振りをしていたが、とうとう決心したように言った。

「どうして、ここに来たの?」

メグレは答えなかった。さっきまで小柄な女が座っていた椅子に腰をおろすと、地下室にいるのをいいことに、パイプに煙草の葉を詰める。ゆっくりと、丁寧に……。

「あたしが何か知ってると思ったら、大まちがいよ」

冷静に見える女ほど、内心の動揺を隠すことができないものだ。シャルロットは気持ちを落ち着けようとしていた。だが、顔は赤くなり、手が震えている。つかみかけたブラシを取りおとしたほどだ。

「警視さんがそう思っていないことは知ってるけど……。家にいた時だって、あたしを疑う目つきをしていた。警視さんはあたしが……」

「あんたはミミという名のホステスを知らない。いや、踊り子だったかもしれんが……。

そうだな？」

「そうよ」

「だが、あんたは長いこと、カンヌでホステスをしていた。その期間は、ミミがカンヌにいた間と重なっている……」

「カンヌにキャバレーは一軒しかないわけじゃないわ。誰もが知り合いとはかぎらないの」

「あんたがいたのは《ラ・ベル・エトワール》だったな？」

「それが何か？」

「何も……。ただ、私はあんたと話をしにきただけだ」

その時、上から客がひとり降りてきたので、ふたりは五分ほど話すのをやめた。客は手を洗い、髪を櫛でとかし、靴をきれいにしてくれと言った。そして、シャルロットがボロ切れでエナメルの靴を磨いてやると、カップのソーサーに五フラン貨幣を置いて、階段をのぼっていった。メグレは話を続けた。

「ドンジュさんはいい人だね。世界でいちばんいい人かもしれない」

「あの人のこと、よく知りもしないくせに！」シャルロットは怒った声を出した。

「なかなか辛い子供時代を過ごしたのだろう？　だから、世間に負けないように、いろいろと闘わなくてはならなかった……」

「そうよ。学校にもろくに行くことができなくて、今、知ってることは全部ひとりで学んだんだから……。あの人の職場は見たんでしょ？　たくさん本があったのに気がつかなかった？　あたしたちみたいな人間が読もうともしない本が……。あの人はいっぱい本を読んで、立派な人になろうとしていたの。だって、あの人の夢は……」

そこで、シャルロットは話をやめた。気持ちを静めようとしている。

「今、ボックスで電話が鳴らなかった？」

「いや……」

「どこまで話したかしら？」

「ドンジュの夢についてだ」

「そうだったわね。別に特別なものじゃないのよ。あの人の夢は息子を持って、その息子を立派な男にすることだったの。だから、自分も立派な人間にならなければって……。でもかわいそうに、あたしと一緒になったせいで、その夢は叶わなくなってしまった……。手術をしてから、あたし、子供が産めなくなっちゃったの」

「ジャン・ラミュエルという男は知っているか？」

「いいえ。会計係で病身だっていうことだけ。プロスペルはホテルのことをあまり話さないの。あたしとは正反対。あたしはここで起こったことを、なんでもあの人にしゃべるけど……」

シャルロットが警戒を解いてきたのを見て、メグレはもう少し、話を先に進めることにした。

「捜査に関わることなんでね、本当はあんたに話してはいけないんだろうが……。だから、ほかの人には言わないでほしい。この事件では、最初からひとつ気になることがあってね。クラーク夫人のハンドバッグから拳銃が見つかったんだ。前日、フォーブール・サン＝トノレの武器店で買ったものだ。あんたもおかしいと思うだろう？　アメリカから来た金持ちの奥さんで、一家の主婦でもあり、シャンゼリゼ通りの超高級ホテルに宿泊している女性が拳銃を買う必要を感じるなんて……。しかも、そいつはご婦人が持つ護身用の拳銃じゃない。本格的なものなんだ」

メグレはわざとシャルロットから目線をそらし、彼女の靴の爪先を見つめた。こんなきれいな靴は見たことがないとでも言うように……。

「ところが、その女性が翌朝にホテルの地階に降りていった。そうなったら、誰かと待ち合わせをしていたと考えるのが自然だろう？　そして、その待ち合わせのために拳銃が必要だったと……。つまり、その女性は今でこそ金持ちの奥様の座におさまっているが、世間にはあまりおおっぴらにできない過去があり、その過去を知っている誰かにゆすられているーーそういうことなのではないか？　それで、ドンジュさん以外にホテルで働いている人間のことが気になってね。会計係のジャン・ラミュエルがカンヌにいたという話は知らないか？　それから、ゼビオと呼ばれているプロの踊り手が？」

「さあ……。ゼビオって人のことはまったく知らないわ」

顔は見なかったが、メグレには彼女が泣きそうになっていることがわかった。

「今朝、ホテルの地階にはもうひとり従業員がいた。夜勤のフロントマンだ。その男がクラーク夫人を殺した可能性もある。朝の六時頃、地階に降りているからね。従業員専用の階段をのぼっていく足音をドンジュさんが聞いているんだ。もちろん、どこかの階のフロアボーイの仕業だということもあり得るが……。それにしても、あんたがカンヌでミミと知り合いじゃなかったとは！　残念だ。ミミがカンヌでどんな交友関係を持っていたのか、あんたから教えてもらえると思ったんだが……。本当に残念だ。これでカンヌまで直接、確かめに行かなくてはならなくなってしまった。向こうに行っても、ミミを知ってる人間がいないとすると、面倒なことになるな」

そう言うと、メグレは立ちあがって、パイプの灰を床に落とした。ポケットを探って、ソーサーに貨幣を置く。

「そんなことしなくても……」シャルロットが声をあげた。

「おやすみ……。さてと、カンヌ行きの列車は何時発かな」

そう独り言のように口にしながら、メグレは階段に向かった。そして、ホールにあがると、すぐに会計をすませ、向かいのカフェに駆けこんだ。このあたりのキャバレーの従業員がよく利用するカフェだ。

「電話を借りるよ」

地下の電話ボックスに飛びこむと、中央電話局を呼びだす。

「司法警察の者だ。これから十分くらいの間に、キャバレー《ペリカン》からカンヌのどこかの番号に電話があるはずだ。今から局に行くので、私が着くまでその電話をつながないでほしい。いいね？」

それからタクシーに飛び乗ると、中央電話局に急いだ。局では夜勤の主任が出迎えてくれた。

「傍聴用の聴取器を用意してくれないか？《ペリカン》からカンヌにつないでほしいと言ってきた電話は？」

「ありました。どこにかけた電話かもわかっています。《ブラッスリ・デ・ザルティスト》です。どうやら夜通しやっているレストランのようですね。今、待たせてありますが、もうつないでもいいですか？」

メグレは聴取器を耳にかけて、うなずいた。同じように聴取器をかけた交換手たちが興味深げに、こちらのほうを眺めている。中のひとりが言った。

「マドモアゼル、お待たせしました。カンヌの一八‐四三につながりました。どうぞお話しください」

「ありがとう……」シャルロットの声がした。「もしもし、《ブラッスリ・デ・ザルティスト》ですか？　電話に出たのは誰？　ああ、ジャン……。あたしはシャルロット……。ほんとだってば！　《ラ・ベル・エトワール》にいたシャルロットよ……。待って……。今、ボックスの扉を閉めるから……。ええ、ちょっと人がいるみたいだから……」

おそらく、客のひとりだろう、シャルロットが誰かと話している声が聞こえた。それから、扉が閉まる音がした。

「聞いて、ジャン……。とっても大切なことなの……。詳しいことは手紙で説明するけど……。いえ、電話じゃだめ！　だって、危険すぎるもの……。そうね。すべてが終わったら、そっちに行くわ。その時に会って話す……。で、これからがお願いなんだけど、ジジはまだ店にいるの？　え？　そうなの。でも、あの娘《こ》は変わらないでしょうね。ジジに伝えて！　もし誰かが訪ねてきて、ミミについて質問しても……。ミミよ、覚えてない？

そうか、ミミがいた頃、あなたはまだいなかったわね……。まあ、それはいいわ。要するに、誰かがジジを訪ねてきて、ミミのことを訊いても……。そうよ！　ジジにミミのことを訊くの。誰かがね……。そう、ミミのことを訊いてきても、ジジには『何も知らない』って答えてほしいの。特に、プロスペルに関係することは……」

「誰だ、そのプロスペルってのは」突然、相手側のジャンの声が聞こえた。

「知らなくていいの。ともかく、ジジには『プロスペルとミミのことなんて知らない』って答えてもらえばいいんだから……。そう、プロスペルとミミのことよ……。もしもし、切らないで……。誰？　誰か聞いてるの？　それとも混線してるの？」

警戒のあまり、シャルロットは誰かに会話を盗聴されていると思ったのだろう。実際にそのとおりなのだが……。

「ジャン、わかったわね」彼女が話を続けた。「お願いよ……。じゃあ、切るわね。誰かに聞かれていそうだから……」

電話が切れたので、メグレは自分も聴取器をはずした。消えていたパイプに火をつける。

「必要な情報は得られましたか？」電話局の主任が尋ねた。

「そう思う。すまないが、今度はリヨン駅につないでくれないか？　カンヌに行く列車が何時に出るか知りたいんだ。というのも……」

そう言って、ちょっと愉快な気分で、自分のタキシードを見る。はたして、家に帰って、こいつを……。電話がつながった。

「もしもし、リヨン駅？　四時十七分発？　それでカンヌ到着は午後二時……。ありがとう」

中央電話局を出ると、メグレはすぐさまタクシーに乗って、リシャール＝ルノワール通りに戻った。不機嫌な妻の様子をからかいながら、用事を言いつける。

「急いでスーツを出してくれ。あとワイシャツと……靴下もだ」

そして、四時十七分にはカンヌ行きの列車のコンパートメントで、みっともない顔のペキニーズを膝にのせた老婦人の前に座っていた。老婦人は〈この人はきっと犬嫌いにちがいない〉といった様子で、メグレをちらちらと眺めていた。

＊

ちょうど同じ頃、シャルロットはいつものように夜勤を終えて、タクシーに乗っていた。タクシーは《ペリカン》の客のために店が契約しているものだが、客が引けると店持ちで従業員を送ってくれるのだ。

それから数十分後、サン＝クルーの家では、いつものように外で車のドアが閉まる音に、プロスペル・ドンジュが目を覚ました。いつものように、車が走り去り、玄関に近づく足音がして、鍵をあける音がする。

だが、台所のガスコンロに火をつける音は聞こえなかった。その代わり、階段を駆けあがる音がする。と思うまもなく、扉が開いて、シャルロットが大声を出した。

「プロスペル！　聞いてよ。眠っているふりをしている場合じゃないの。警視が……」

詳しいことを説明する前に、シャルロットはブラジャーのホックを勢いよくはずし、ストッキングがよじれるのにもかまわず、ガーターベルトを引きおろした。そして、ほとんど裸の姿で言った。

「真剣な話があるの！　だから、ねえ、起きて！　寝ている人と真剣な話なんて、できないでしょ？」

4 ジジとカーニヴァル

列車に乗ってから三時間というもの、メグレは起きているのか眠っているのかわからない、ちょうど夢と現実の間でぬかるみにはまっているような不愉快な時を過ごしていた。しかたがない。徹夜でカンヌに行くと決めてしまったからいけないのだ。列車がリヨンに着くまでの間、あるいはもう少し先か、いや、モンテリマールに着くまでの間か、ともかくその間、メグレは霧のトンネルを抜けているような気分だった。せめて向かいに誰もいなければ、足を伸ばして休むこともできたろうが、向かいの席の犬を連れた老婦人はいっこうに降りる気配を見せなかった。ほかに空いているコンパートメントもなかった。

この姿勢ではくつろぐことができない。それに、コンパートメントの中は暑すぎた。しかし、窓をあければ寒くなりすぎる。そこでメグレは気分を変えるために、食堂車に行くことにした。まずコーヒーを飲み、それでもしゃきんとしないので、ブランデーを飲んだ。最後にはビールを飲んだ。

そのうちに胸がむかついてきた。午前十一時頃のことだ。おそらくこれは何か食べたほうがいい――そう思って、メグレはハムエッグを注文した。だが、胸のむかつきはいっこうに治まらなかった。

メグレは徹夜で列車に乗ったことを後悔した。そんなことをした自分に怒りさえ覚えた。だが、マルセイユを出たところで、眠りにつくことができた。そして、「カンヌ！　カンヌ！」と駅員が叫ぶ声を聞いて、あわてて飛びおきた。だが、しばらくは茫然としていた。

列車から降りると、二月とはいえ、南仏の明るい太陽があたりを照らしていた。ちょうど冬のミモザの季節で、機関車や客車、駅の柱はミモザの花で飾られていた。ホームを歩く人々の顔も華やいでいる。

別のホームにはミシュリーヌ（ミシュラン社が開発したレール上をタイヤで走る車）が到着して、制服に帽子をかぶり、管楽器を手にしたブラスバンドの一隊が降りてきた。ブラスバンドは駅を出たところにも、もう一隊いてにぎやかに演奏していた。

まさに、光と音と色の饗宴だ。いたるところに旗や幟《のぼり》がひるがえり、いたるところにミモザの黄色い花が咲いている。ミモザはその甘い香りで、街を満たしていた。

「すまんが……」メグレは近くにいた制服の警官に声をかけた。「今日はいったい何の日だね？　何をやっているんだ？」

陽気な街の様子に警官は楽しそうにしていたが、メグレの質問を聞くと、信じられないといった顔をした。

「花のパレードだよ。カーニヴァルだからね」

その時、また別のブラスバンドのファンファーレが鳴りひびいて、通りを下っていった。そちらに目をやると、まっすぐな通りの先に明るいブルーの海が見えた。

と、ピエロの扮装をした小さな女の子が、母親に手を引かれて、目の前を通りすぎた。花のパレードを見るのに、いい場所を確保しようとしているのだろう。女の子は長い鼻と真っ赤な頬、中国人のような長いひげのついた奇妙な仮面をかぶっていた。そうでなければ、さほど印象には残らなかったかもしれない。メグレは母親のあとについて必死に歩いていく、女の子の細い脚を見つめた。

目的地までの道は訊かなくてもわかっていた。海に向かってクロワゼット通りまで行き、一本裏の道に入ればいい。レストラン《ブラッスリ・デ・ザルティスト》はそこにあるはずだ。実際に行ってみると、すぐに看板が見つかった。上はホテルになっている。どんな種類のホテルかは、考えなくてもわかった。

レストランに入ると、黒い服に白いイカ胸シャツ、蝶ネクタイをした男たちが四人でブロット（三十枚のカードを使ってするトランプゲーム）をしていた。カジノのディーラーたちが仕事に行くまでの時間つぶしをしているのだ。窓のそばでは娘がひとり、シュークルートを食べている。給仕がテーブルを拭いていく間、カウンターのうしろでは、おそらくこの店のマスターだろう、壮年の男が新聞を読んでいた。外ではあちらこちらでブラスバンドが演奏をしている。その音に交じって、人々のざわめきや車のクラクションも聞こえた。太陽の光に群衆が巻きあげたほこりが白く光って見える。街を満たしていたミモザの香りが、店の中にも漂っていた。

「生ビールを」重いオーバーを脱ぐと、メグレは注文した。着ていたスーツが黒っぽいものだったので、ディーラーたちと同じに見えはしないかと、少し落ち着かない気分になった。

店のマスターとは、扉をあけた瞬間にすでに視線を交わしていた。きっとひと目で〈刑事だ〉とわかったにちがいない。

「ジャンだね？」メグレは声をかけた。「このレストランを始めてから長いのかね？」

「私が引き継いでからは六年になります。どうしてです？」

「その前は何を？」

「興味がおありで？　モンテカルロの《カフェ・ド・ラ・ペ》でバーマンをしていました」

　ここから百メートルも離れていない場所には、クロワゼット通りに沿って、高級ホテルが立ちならんでいる。《カールトン》《ミラマール》《マルティネス》。

　そこがカンヌの表の顔だとすれば、この《ブラッスリ・デ・ザルティスト》は華やかな劇場の舞台裏のようなものだ。通りからして、狭いところにクリーニング店や美容院や理髪店、タクシーやトラックの運転手たちのための安食堂がひしめいている。高級ホテルの陰で働く人たちが生計を営む場所だ。

「この店はひと晩中、やっているんだろう？」

「ひと晩中……。そのとおりで」

　観光客のためのレストランではない。ここに来るのはカジノやホテルの従業員、踊り子、キャバレーのホステスや客引き、スカウト、競馬の情報屋、女のひも――そんな者たちだ。

「ほかにご用はないですか？」会話を打ち切るように、マスターが言った。

「いや、ある。ジジがどこにいるか、教えてくれ」

「ジジ？　知りませんね」

　シュークルートを食べていた娘が、疲れたような顔でこちらを見た。ディーラーたちが立ちあがった。もうすぐ三時になるからだ。

「なあ、ジャン。スロットマシーンのことで、客とトラブルになったことはないかね？」

「あったら、どうだって言うんです?」

「前科があったら、罰が重くなるからね。シャルロットは優しい娘《こ》だ。大事な人のために昔の友だちに電話で頼みごとをしたりもする。その理由を詳しく話さずにね。ところで、きみのような職業で過去にトラブルを経験していたら、厄介ごとには巻きこまれたくないはずだが……。まあ、いい。警察の風紀取り締まり班に電話すれば、ジジの居所など、すぐに教えてくれるはずだ。電話のコインはあるかね?」

　メグレは立ちあがって、電話ボックスに向かった。

「待ってください。今、『厄介ごとに巻きこまれたくないはずだ』って言いましたね? 重大なことなんですか?」

「そうとも。殺人事件だ。パリから特別捜査班の警視がわざわざやってきたんだから、重大でないわけがないだろう」

「警視さん、電話は待ってください。どうしてもジジに会いたいんですか」

「そのために千キロメートル近くも、列車に乗ってきたんだ」

「じゃあ、来てください。でも、言っておきますが、ジジがお役に立つかどうかはわかりませんよ。ジジのことは知っていますか? 三日に二日は使いものにならないんで……。つまり、コカインをやっている時はってことですが……。実はゆうべも」

「シャルロットから電話があった時に、麻薬をやっていたんだな？　今どこにいる？」

「こっちです。この街のどこかに自宅があるんですが、ゆうべは歩けない状態で……」

そう言うと、マスターはホテルの階段に通じる扉に案内した。扉をあけて、中二階の部屋に向かって叫ぶ。

「ジジ、お客さんだ」

それから、メグレが脇を通りすぎると、肩をすくめて、カウンターのほうに戻っていった。また新聞でも読むのか？　だが、成り行きが心配で、ろくに頭に入ってこないだろう。そう思いながらジジの部屋に入ると、メグレはドアを閉めた。

部屋は薄暗かった。わずかにカーテンの隙間から、細い光が差しこんでいるだけだ。それに散らかっていた。ジジは鉄製のベッドで寝ていた。服を着たまま、髪を乱し、枕に顔を押しつけている。メグレは枕元の椅子に腰をおろした。すると、寝ぼけた声でジジが尋ねた。

「誰？」

それから、目をあけて続けた。暗い目だ。

「前に来たことある？」

蠟《ろう》のような顔色。鼻は細い。髪は干したスモモのように濃い茶色だ。身体つきは痩せて、ごつごつしている。

「今、何時？　服は脱がないの？」

そう言って肘で身を起こすと、ジジは手近にあったコップの水をひと口飲んだ。頭をはっきりさせようと首を振りながら、こちらを見る。そして、メグレが枕元の椅子に座っているのに気づくと尋ねた。

「あんたは医者なの？」

「ゆうべ、ジャンはあんたに何と言った？」メグレは質問した。

「ジャン？　あいつはいいやつよ。白い粉の入った袋をくれるから……。でも、あんたに何の関係があるの？」

「ジャンはコカインをくれるんだな？　そいつは知っている。いや、寝たままでいい。それより、ゆうべのことだ。ジャンはあんたにミミとプロスペルの話をしただろう？」

外ではあいかわらずブラスバンドが演奏をしている。音は近づいたり、遠ざかったりした。あいかわらずミモザの香りもする。甘ったるい、独特の香りだ。

「プロスペル！　あの人はほんとにお人好しなのよ！」

ジジは夢見るように話した。時おり、子供のように甘えた口調になる。そうかと思うと、眉間にしわを寄せ、激しい苦痛が走ったかのように辛そうな顔になった。

「ねえ、コカインは持ってない？　ひと袋でいいんだけど」

麻薬が切れている。この状態の人間から話を聞きだすのは難しい。メグレはいまいましい気分になった。

「プロスペルが好きなんだな？　そうだろう？」なんとか糸口を見つけて言う。

「あの人は特別よ。そんじょそこらの男とは、わけがちがう。いい人すぎるの！　ミミみたいな女につかまるべきじゃなかった。でも、そういうものよ。プロスペルを知ってるの？」

気持ちを強く持とう。こうして話を聞きだすのが、自分の役目ではないか！

「プロスペルが《ミラマール・ホテル》で働いていた時――働いていたんだろう？　あんたたち三人はキャバレー《ラ・ベル・エトワール》で踊り子をしていた。あんたとミミとシャルロットは……」

「シャルロットはいい人よ」呂律のまわらない口調で、ジジが言った。「悪いところなんて、ひとつもない。あの娘《こ》はプロスペルが好きだったの。プロスペルがあたしの忠告を聞いてくれていたら」

「あんたたち三人はここのレストランでプロスペルと知り合ったんだろう？　仕事の合間

に食事に来た時に……。そして、プロスペルとミミは恋人同士になった」

「馬鹿なのよ、プロスペルは！　ミミなんかに恋しちゃって……。かわいそうに！　せっかくミミが……」

そこまで言うと、ジジは急に警戒した顔になった。

「あんたはプロスペルの友だちなの？」

「せっかくミミが子供を宿したのに？　そうか？」

「誰があんたに言ったの？　ミミはあたしにしか知らせてこなかったのよ。あんなの、何かおかしいわよ」

ブラスバンドの音が近づいてくる。ジジはそちらのほうに顔を向けた。

「どうした？」

「なんでもないわ」

パレードの出発を告げる大砲が鳴った。これからクロワゼット通りを花で飾られた山車《だし》が行進していくのだろう。メグレは想像した。太陽は輝き、空と海はひとつになっている。モーターボートが白い波をたて、水面に波紋を残していく。沖では何艘ものヨットが優雅に船体を傾けている……。

「ねえ、本当にコカインは持ってないの？　ジャンにもらってきてくれない？　そうよ、白い粉の入った小袋があるはずだから……」

「いずれにしろ、ミミはアメリカに発ってしまった？」メグレは言った。

「プロスペルに聞いたの？　よかったら、水を一杯ちょうだい。そうよ、《ラ・ベル・エトワール》で出会ったアメリカ人とミミは発った。そいつはミミにひと目惚れしたのよ。ドーヴィルとかビアリッツとか、一緒に避寒地に連れていった。ミミはうまくやったわ。あたしたちとはちがうの。シャルロットはあいかわらず《ペリカン》で働いているの？　あたしのほうはこんなざまだけど」

　そう言うと、ジジは笑った。汚らしい歯をむきだしにした恐ろしい笑いだ。

「ある時、ミミが手紙をよこしたの。子供がおなかにいるけど、アメリカ人の子供だと信じこませるつもりだって。あのアメリカ人、なんて名前だっけ？　オズワルド？　そのあと来た手紙には、生まれた子が赤毛だったので、危うくだめになりそうになったと書いてあった。ニンジンみたいに赤かったからって。わかるでしょ？　プロスペルには内緒にしておかなくてはと思ったわ」

　水を飲んで少しはしゃきっとしたのか、ジジはベッドから降りた。一本ずつ、毛布から脚を抜きだして床におろす。ひょろ長い脚で、男の目を惹くものではなかった。立ち姿を見ると、かなり背丈があることがわかった。がりがりに痩せているので骸骨のようだ。この身体では、暗い歩道で客を拾うのに何時間も立ちつづけなければならないだろう。声がかかるのを待って、カフェのテーブルで何時間も過ごすこともあるかもしれない。

ジジの目が据わってきた。頭の天辺から爪先まで、こちらを眺めまわしている。

「あんた、おまわりでしょう？」

ジジが怒った声を出した。だが、まだ頭がぼんやりしているようで、しきりに首を振って意識をはっきりさせようとしている。

「ゆうべ、ジャンはなんて言ってたかしら。待って。そもそも、どうしてあんたはここに来たの？　ジャンは確か、ミミとプロスペルのことを誰にも話しちゃいけないと言ってた。白状しなさいよ。あんたはおまわりなんでしょ？　あたしに何の用があるの？　警察だなんて、プロスペルとミミが何をやったって言うの？」

声が大きくなり、しまいには叫ぶようになっていた。

「くそ野郎！　卑怯な手を使って！　あたしがこんな状態なのをいいことに……」

ジジがドアをあけた。外のざわめきがいっそうはっきり聞こえてきた。

「出てってよ！　さもないと……」

まったく、手のつけようがなかった。ジジの投げた水差しが脚に当たりそうになった。

ジジの罵声を受けながら、メグレは階段を降りた。

レストランには客がいなかった。ちょうど客の引ける時間なのだ。

「どうでした？」カウンターから、マスターが声をかけてきた。

メグレはオーバーを着て、山高帽をかぶった。給仕にチップをやる。

「知りたいことは教えてくれましたか？」マスターがまた尋ねた。

その時、ホテルの階段から声が聞こえた。

「ジャン！　ジャン！　こっちに来て！　話があるの」

ジジだった。レストランに通じる扉を半分あけて、こちらを覗いている。髪はぼさぼさで、靴も履いていなかった。

メグレは退散することにした。

クロワゼット通りに出ると、山高帽をかぶってオーバーを着ている人間はほとんど見かけなかった。まわりの人の目には、初めてコートダジュールのカーニヴァルを見物に来たおのぼりさんに映っただろう。仮面をつけた人々とぶつかりながら、メグレはどうにか雑踏から逃げだした。砂浜では祭りをよそに、避寒に来た人々が日光浴をしていた。ほとんど何も身に着けていない肌にオイルを塗って、かなり日焼けしている。

《ミラマール・ホテル》は海岸沿いにある。客室が二百か三百あって、大勢の従業員が働いている黄色い大きな建物だ。メグレは中に入ろうか迷った。だが、入って何をするのだ？

知りたいことはすべて聞いたではないか？　飲みすぎなのか、まだ飲みたりないのかもわからなかったが、とりあえず駅まで戻って近くのカフェに入った。

「列車の時刻表はあるか？」

「パリ行きですか？　十八時三十分発の急行があります。一等から三等まですべてそろってますよ」

また生ビールを注文する。これからしばらく時間をつぶさなければならない。することは何も思い浮かばない。何年かたって思い出したら、祭りの雰囲気に満ちたこのカンヌで過ごした時間は、悪夢だったと感じるだろう。

ぼんやりしていると、昔このカンヌで起きたかもしれない情景が目に浮かんできた。赤毛で真ん丸の目をした疱瘡の痕だらけのプロスペルが《ミラマール・ホテル》の従業員通用口から出てきて、《ブラッスリ・デ・ザルティスト》に急いでいく場面がまるで現実のようにはっきりと見えたのだ。

店の中には今より八歳若いジジとミミとシャルロットがいて、昼食か夕食をとっている。プロスペルは自分が醜い顔をしていると知っている。だが、三人の中でいちばん若く美しいミミに夢中になっている。

その恋する目を初めて見た時、三人の女は思わず笑いだしたかもしれない。だが、店を出たあと、なおもプロスペルの容姿を馬鹿にするミミに対して、シャルロットがたしなめたはずだ。

「だめよ、ミミ。プロスペルはいい人よ。それにこの先、何が起きるかなんてわからないものよ」

プロスペルは《ラ・ベル・エトワール》に客として行くことはなかっただろう。あの男が行くような場所ではないからだ。だが、キャバレーが閉まった未明には《ブラッスリ・デ・ザルティスト》に顔を出しただろう。そこではたいていミミとジジとシャルロットが夜食をとっている。料理は決まってオニオンスープだ。

「あんな人が好きになってくれるなら……。あたしだったら」シャルロットが言う。

プロスペルは積極的に想いを打ち明けることはしない。シャルロットもしない。シャルロットはそんな秘めた情熱が好きなのだ。ジジはその頃、まだコカインをやっていない。

「プロスペル、大丈夫よ。ミミはあんたをからかっているふりをしているだけだから。心の底では……」ふたりでそう慰めたかもしれない。

やがて、ミミとプロスペルは恋人同士になる。プロスペルはミミにずいぶん贈り物をしたことだろう。貯金もかなり使ったはずだ。そんな生活がしばらく続いた。《ラ・ベル・

エトワール》にアメリカ人がやってくるまで。

ミミのおなかにできた子供がプロスペルの子だというのは、ジジから聞いてシャルロットも知っていたはずだ。シャルロットはあとでプロスペルにそのことを話したのだろうか？　かわいそうに！　シャルロットはプロスペルが自分を愛していないと知っていたにちがいない。まだミミを愛していると……。だが、プロスペルがカンヌを離れると、プロスペルのためにも一緒に暮らす決心をした。サン＝クルーの一軒家で。

その時、耳もとで声がした。花売りの女だ。

「ご希望の場所に配送しますよ。恋人にいかが？」

その声には皮肉が交じっているように聞こえた。確かに自分みたいな男に恋人がいるようには見えないだろう。そう思いながらも、メグレは妻にミモザの花かごを贈ることにした。

列車の時刻まではまだ三十分あったので、ふと思いついて、パリに電話をかけることにした。電話ボックスに向かう途中、ブラスバンドの一隊が席から立ちあがって、駅舎に向かうのが見えた。一日歩いたせいで、制服のズボンがほこりまみれになっている。きっとまたミシュリーヌに乗って、近くの街に向かうのだろう。カフェには祭りのあとの夕暮れ時のけだるい雰囲気が漂っていた。

「もしもし。ああ、ボスですか？　まだカンヌにいるんですか？」電話をかけると、リュカがびっくりしたような声を出した。「実はこちらにも新しいことがあって……。予審判事が怒っています。今も電話をしてきたところです。メグレ警視は何をしているのかと……。もしもし。実は夜勤のフロントマンの死体が見つかったんです。まだ一時間もたっていません。……ええ、《マジェスティック・ホテル》からトランス刑事が知らせてきたんです。トランスにはホテルに張りついてもらっているので。それから、予審判事はドンジュを逮捕に行かせたとも言っていました」

メグレは狭い電話ボックスで身じろぎもしなかった。時おり、「ああ」とか「うう」とか呻き声を洩らすだけだ。ボックスの窓から見ると、店内は夕日に染められている。赤い光があらたに入ってきたブラスバンドの白い制服のズボンや制帽の銀の飾りひもを照らしていた。白く輝くパスティスのグラスを前に、隊員たちはいたずらにトロンボーンやヘリコンを鳴らしていた。

「わかった」メグレは言った。「明日の夜明け前にはパリに着く……。いや！　もちろんだ……。そうだ。判事がそう判断したなら、逮捕させるしかない」そう言うと、メグレは電話を切ってカウンターの前に戻った。

まだ正式な捜査は始まったわけではないが、リュカの話によると、起こった出来事はこうだ。まず《マジェスティック・ホテル》の地階で、私服を着た夜勤のフロントマンの姿が目撃された。ちょうど夕方のダンスパーティーが始まってから三十分くらいした頃で、プロスペル・ドンジュは紅茶の支度をしたあと、音楽が鳴りひびく中、金魚よろしくガラスの小部屋に入っていた。ジャン・ラミュエルもマルメロのように黄色い顔をして、自分の部屋にこもっていた。

どうして夜勤のフロントマンがホテルの地階にやってきたのかはわからない。だが、姿を見ても、誰も気にしなかった。自分の仕事に忙しくて、ほかのことにはかまっていられなかったからだ。

フロントマンの名前はジュスタン・コルブフといった。あまり目立たない小柄な男で、夜の間はひとりでロビーを取りしきっている。本を読んだりもしないし、誰かに話しかけたりもしない。眠ることもない。ただ椅子に座って、何時間も前を見ていた。

妻はヌイイの新築マンションの管理人をしている。

いったい、コルブフは午後の四時半にホテルの地階に何をしにきたのだろう？

死体は更衣室で見つかった。だが、その時間、更衣室にはかなりの人が出入りしている。

たとえば、踊り手のゼビオはダンスパーティーの途中でタキシードを替えに行っている。

ジャン・ラミュエルもガラスの小部屋から出るところを何度か目撃されている。

五時にはプロスペル・ドンジュが更衣室に入った。今日は一時間、早退をしたらしい。制服の白い上着を私服の上着に着替えると、ドンジュはオーバーをはおって、自転車で帰った。

死体が発見されたのは、その数分後のことだ。更衣室に入った警備員が八十九番のロッカーの扉が少しあいているのに気づき、中を覗いたところ……。

警備員の叫び声を聞いて、誰もがその場に集まってきた。そして、何が起こったかを見た。

ロッカーの中に灰色のオーバーを着たコルブフの死体があったのだ。かぶっていたソフト帽はロッカーの奥にあった。

クラーク夫人と同じく、ジュスタン・コルブフは絞殺されていた。遺体はまだ生温かかった。

その頃、プロスペル・ドンジュは、ちょうどブローニュの森を抜けてサン＝クルー橋を渡っていたはずだ。現場に警察がやってきた時には、自転車を降りて、家に続く坂道をのぼっていたことだろう。

「パスティスをくれ」カウンターを見まわしたところ、ほかに強い酒がなかったので、メグレはそれを注文した。

頭が重かった。こんなふうになったのは、子供の頃、太陽が照りつける中、一日中、外で遊びまわった時以来だ。重い頭を抱えながら、メグレは列車に乗った。

5　窓ガラスの唾

列車は走りはじめたばかりだったが、メグレはもう上着を脱いで、ネクタイと取りつけ襟をはずしていた。行きと同様、車内は暑すぎた。というより、列車のにおいとともに、座席からも床からも仕切り壁からも、熱気がにじみでてくる気がする。

メグレはかがんで、靴ひもをほどいた。職務上、認められている一等車での移動ではなく、簡易寝台車を予約していたのだ。上からは文句を言ってくるだろうが、知ったこっちゃない。幸い車掌は、このコンパートメントにはほかの乗客を入れないと約束してくれていた。

ひもをほどきおわって靴を脱ぎかけた時、ふと誰かに見られているような嫌な感じがした。顔をあげると、コンパートメントの窓ガラス越しにこちらを覗く青白い顔があった。暗いふたつの目。そして、赤い口が印象的だ。口紅で二本、いい加減にラインを引いているので、実際より大きな口に見える。口紅は色が落ちかかっていた。

だが、何よりも驚いたのは、その顔に浮かんだ軽蔑と憎しみの表情だった。ジジだ！　ジジがこの列車に乗りこんできたのだ。しかし、どうして？　メグレは靴を履きなおそうとした。だが、ジジはガラス越しにこちらに唾を吐きかけ、顔をしかめて去っていった。

メグレは急いで上着をはおった。気持ちを落ち着けるため、コンパートメントを出る前に、パイプに火をつける。それから通路に出ると、ひとつひとつコンパートメントを確かめながら、車両から車両へと移っていった。列車は長かったので、連結の蛇腹は少なくとも六つは抜けただろう。ひとつひとつ扉をあけて、「失礼」「失礼」と中にいる人たちに声をかけるので、五十人くらいの乗客に迷惑をかけたにちがいない。

そのうちに通路に敷かれた絨毯がなくなった。三等車に入ったのだ。コンパートメントの席も六人掛けになった。眠っている人、食事をしている人、まっすぐ前を見つめる子供たち。そして、いくつかめの扉の前に立った時、メグレはジジを見つけた、一緒にいるのはおそらくトゥーロンから乗ってきて、パリにのぼるらしい、ふたりの水夫。それから膝に置いたバスケットを離さず、口をあけて居眠りをしている老夫婦だ。そのコンパートメントの手前の席に、ジジはゆったりと座っていた。

先ほどジジがガラス越しにこちらを覗いていた時には、どんな服装をしているかまでは気がつかなかった。突然、現れたのにびっくりして、〈昼間、《ブラッスリ・デ・ザルティスト》で見たジジとはちがう〉としか思わなかったのだ。しかし、あらためて見ると、顔つきはもちろん、服装も態度も別人のようだ。

今のジジは着古してはいるが、高級そうな毛皮のコートを着て、脚を組み、ハイヒールと網タイツを見せつけている。目はまっすぐに前を見ていた。これがあのうつろな目をして、口をだらしなくあけていたジジだろうか？　あの状態から自分ひとりの力で立ちなおって、ここまで来たのだろうか？　ジャンに薬をもらったのか？　そうだ。たぶん、コカインのせいで元気が出たのにちがいない。

と、ジジがこちらに気づいた。だが、何も反応は示さなかった。メグレはしばらく彼女を見つめ、合図を送ってみた。ジジは合図を返すどころか、眉ひとつ動かさなかった。

「ちょっとつきあってくれないか？」コンパートメントの扉をあけて、メグレは言った。

ジジはためらった様子を見せた。水夫たちが成り行きを見守っている。ここでジジが騒げば、厄介なことになるだろう。だが、ジジは肩をすくめて立ちあがると、おとなしく通路に出た。メグレは扉を閉めた。

「唾を吐かれただけじゃ、まだ足りないって言うの？」唇をとがらせながら、ジジが言った。「あんたは満足してるだろうね。さぞやお得意だろう。あたしがあんな状態だったのをいいことに、話を聞きだして……」

真っ赤な唇が震えている。今にも泣きだしそうだ。

「そうだよ。話を聞きだして、あっというまにプロスペルを捕まえてるんだから……」

「どうしてプロスペル・ドンジュが逮捕されたことを知っているんだ?」

ジジはうんざりといった身ぶりをした。

「聞いてないの? どうせわかることだから言うけど、シャルロットがジャンに電話をしてきたのよ。プロスペルが逮捕されたって……。その電話、警察は盗聴していなかったの? 案外、ずさんなものね。あたしはジャンから聞いたの。今日の夕方、プロスペルが家に帰ってまもなく、タクシーに乗った刑事たちがやってきて、あっというまに連れていったって……。シャルロットはすっかり取り乱していたみたい。プロスペルとミミのこと、あたしが警察に話したかどうか知りたがってたと、ジャンが言ってた。で、あたしは話したのよね? あんたに……。プロスペルとミミのこと。それで、あんたたちはプロスペルを……」

その時、列車が激しく揺れて、ジジの身体がメグレに触れた。ジジはおびえた顔で、うしろに飛びのいた。

「このままじゃ、すまないわよ。きっと仕返ししてやるから! プロスペルが本当にミミを殺していたとしてもね。あのくそったれのミミを……。これだけは言っとくわ。あたしはくずの売春婦よ。失うものはひとつもない。だから、もしプロスペルが死刑になったら、あんたを見つけて頭に銃弾をぶちこんでやる！」

そう言うと、彼女は軽蔑の表情を浮かべてこちらを見つめた。メグレは何も言わなかった。これは単なる脅しではあるまい。ドンジュが死刑になったら、この女は本当に通りのどこかで待ち伏せして、自動拳銃の中身をぶちこんでくるだろう。

コンパートメントの中からは、あいかわらず水夫がふたり、こちらを眺めている。

「おやすみ」ため息をつきながら、メグレは言った。

それから、自分のコンパートメントに戻ると、服を脱いで横になった。

天井には青白い常夜灯の光がぼんやりと灯っている。メグレは目を閉じた。だが、ひとつ気になることがあって、考えはじめた。

どうして予審判事はプロスペル・ドンジュを逮捕させたのだろう？　判事はパリを離れていない。ジジのことも《ブラッスリ・デ・ザルティスト》のことも知らないはずだ。もちろん、カンヌでドンジュとミミ――クラーク夫人の間に何があったのかも……。それなのに、どうしてジャン・ラミュエルやゼビオではなく、ドンジュを逮捕したのか？

なんだか心配になった。この判事のことはよく知っていたからだ。ボノー判事のことは……。

昨日、《マジェスティック・ホテル》で検事と一緒にボノー判事が現れたのを見た時、メグレはひそかに顔をしかめた。これまで何度か仕事をする機会があって、その能力に不安を感じていたのだ。

ボノー判事は実直な人間だ。愚直と言ってもよい。一家の良き主《あるじ》で、珍しい装幀の本をコレクションしている。きれいに四角く切りそろえた美しいグレーの顎ひげの持ち主で、どこからどう見ても立派な紳士だ。しかし、ひと言でいえば、何も知らないお坊ちゃんなのだ。ある時、メグレはボノー判事に呼びだされて、闇カジノの抜き打ち捜査を行ったことがある。昼間のことで、店はがらんとしてルーレットやバカラのテーブルには覆いがかかっていた。すると、判事がバカラのテーブルを指さして、無邪気な声でこう尋ねたのだ。

「これはビリヤードの台かね？」

また、その闇カジノには出入口が三つあって、その三つがそれぞれちがう通りに面していると知った時も、裏の世界を知らない素人のように率直に驚いていた。そのうちのひとつが地下室を通じて別の建物とつながっていると聞いた時には、目を丸くしていたほどだ。またカジノの帳簿を見て、何人かの客に相当な額の前貸しをしているとわかった時も、心の底からびっくりしていた。常連客を作るためには、まずギャンブルの世界にひきずりこまなければならないということを知らなかったのだ。

そんな判事が突然、ドンジュを逮捕させた。いったい何があったのだろう？

メグレはあまりよく眠れなかった。列車が駅に停まるたびに目が覚めた。走っている間は列車の揺れと騒音がそのまま悪夢となって現れた。

パリのリヨン駅に着いた時には、外はまだ暗く、冷たい小雨が降っていた。ホームではリュカが待っていた。オーバーの襟を立てて、身体を温めるために足踏みをしている。

「ボス、お疲れじゃないですか？」

「ひとりで来たのか？」

「はい。もし誰か刑事が必要なら、うちのやつがひとり、駅の派出所にいますが……」

「呼んできてくれ」

その時、ジジが車両から降りてきて、水夫たちと別れの握手をしているのが見えた。そのあとこちらに向かって歩いてくると、ジジは肩をすくめて通りすぎた。だが、数歩行ったところで、思いなおしたようにふりかえった。

「尾行をつけるなら、どうぞお好きに。でも、先に言っとくと、あたしはこれからシャルロットのところに行くの」

そこにリュカが戻ってきた。

「派出所にはいませんでした」

「もういい。必要なくなった。行こう」

そう言うと、メグレはタクシーを捕まえた。ふたりは車に乗った。

「話してくれ。予審判事はどうして……」

「今から話そうと思っていたところです。ふたつ目の殺害事件――フロントマンのコルブフが殺された事件が起こった時、私は判事から呼び出しを受けました。判事はドンジュを逮捕に行かせたと言うと、何か新しいことはわかったかと尋ねました。カンヌに行ったボスから電話はあったかと……。それからにやにや笑って、手紙を差しだしたんです。匿名の手紙です。文面は正確には覚えていませんが、クラーク夫人は昔ミミという名で踊り子をしていて、ドンジュの愛人だったと書かれていました。ふたりには子供がいて、それをネタにドンジュが夫人を何度かゆすっていたと……。まったく判事ときたら、にやにや笑って……。頭に来ると思いませんか？」

「それから？」

「それだけです」そう言うと、リュカは悔しそうに続けた。「判事は大喜びで、こう話しました。『何、これは簡単な事件だよ。もとはただのゆすりだ。だが、クラーク夫人はゆすられたくなかった。それで話がこじれたのだ。私はこれから留置場にいるドンジュを尋問するつもりだ』と……」

「判事はもう尋問したのか？」メグレは尋ねた。

だが、その時、タクシーはオルフェーヴル河岸の司法警察の前に着いていた。朝の五時半だった。黄色っぽい靄《もや》がセーヌの川面から立ちのぼっている。タクシーのドアが閉まった。

「ドンジュは留置場にいるんだな。近くまで一緒に来てくれ」

留置場の入口はオルロージュ河岸にある。そこに行くには裁判所をぐるっと回っていかなければならない。ふたりはゆっくりと歩きだした。

「判事は尋問したようです」先ほどの質問に、リュカが答えた。「昨日の夜、九時に判事からまた電話がありました。どうやらドンジュが話したくないと言っているようで……。ドンジュはボスにしか答えないと宣言したみたいなのです」

オルロージュ河岸まで来ると、メグレは言った。

「リュカ。昨夜は眠ったのか？」

「長椅子で二時間ほど……」

「じゃあ、帰って寝ろ。司法警察には昼頃に来ればいい」

リュカと別れると、メグレは門をくぐった。ちょうど護送車が一台、外に出ていくところだった。たぶん、逮捕した者たちをここまで運んできたのだろう。建物に入ると、その予想が当たっていたことがわかった。バスティーユで一斉検挙があって、娼婦が三十人ほど、それに身分証のない外国人が収監されに連れてこられたのだ。照明の暗い地下の広間で、逮捕された者たちは簡易ベッドに座っていた。あたりには兵舎のようなにおいがした。しわがれた声で、卑猥な冗談を言うのが聞こえる。

係の者を見つけると、メグレは言った。

「ドンジュのところに案内してくれ。ドンジュは眠っているのか？」

「一分だって眠っちゃいません。見ればすぐにわかりますよ」

独房には鉄格子の扉がついていた。なんだか馬小屋を思い起こさせる。そのうちのひとつにドンジュはいた。両手で頭を抱えて座っている。部屋が暗いせいで、ドンジュだと言われなければそうだとわからなかった。

鍵をあける音。それから、蝶番が軋む音がした。ネクタイと靴ひもは取りあげられている。赤毛は乱れていた。

「警視さんでしたか……」

そう小さな声で言うと、ドンジュは額に手を当て、目をすがめた。そこにいるのがまちがいなくメグレなのか、確かめるようだった。

「話すなら私にと聞いたが……」

「そのほうがいいと思いまして……」

そう口にすると、ドンジュは子供のように無邪気に質問をした。

「予審判事は怒っていますか？　でも、いったい何を話せばよいと言うのでしょう？　私が犯人だと思いこんでいるんですから……。私の手を書記に見せて、『これが絞殺者の手だ』などと言うんです」

「一緒に来てくれ」

メグレは迷った。手錠はかけなくてもいいのではないか？　留置場に連れてこられるのに、ドンジュは手錠をかけられたのにちがいない。まだ手首に跡が残っている。

結局、手錠はかけずに、メグレは裁判所の複雑な地下の廊下をドンジュを連れて歩いていった。この廊下に比べると、《マジェスティック・ホテル》の地下の廊下もさほどではない。やがて裁判所の地下を通りぬけ、司法警察の地下まで来ると、ふたりはようやく階段をのぼって、朝の光が差しこむ廊下にあがった。執務室に案内すると、メグレは言った。

「入ってくれ。食事はしたのか？」

ドンジュは首を横に振った。メグレは自分も腹が減って、とりわけ喉が渇いていたので、警官をひとり使いにやってビールとサンドイッチを買ってこさせた。

「座ってくれ。ジジは知っているな？　パリにいる。今頃はシャルロットのところにいるはずだ。煙草は？」

紙巻煙草は吸わないが、こういう時のためにいつも引き出しに入れてある。ドンジュは立ったまま、ぎこちない手つきで煙草に火をつけた。留置場に入れられて数時間で、すっかり落ちこんでしまったようだ。ネクタイははずされているし、靴ひもも取られているので足もとも心もとない。たったひと晩、留置場で過ごしただけだが、服だってにおうような気がしているだろう。

メグレはストーブに火をつけた。ほかの部署にはセントラルヒーティングの設備が入っているが、メグレはそれが嫌いだった。そこで執務室では、古い鋳鉄製のストーブを使っているのだ。二十年前の代物だ。ドンジュはまだ立っている。

「いいから、座ってくれ。すぐに食べ物と飲み物が届く」

ドンジュは何か言おうか、迷っているみたいだった。だが、メグレが目で促すと、ようやく心を決めたようで、不安そうな声で尋ねた。

「子供は見ましたか？」

「いや……」

「私は一瞬、ホテルのロビーで見かけました。まちがいありません。あれは……」

「あんたの息子だ。わかっている」

「そうなんです！　私と同じくらい髪の毛が赤いんです。手の形もそっくりだし……。身体つきもごつごつしています。私も子供の頃、人に笑われたんです。身体つきがごつごつしていると……」

使いにやった警官がビールとサンドイッチを持ってきた。メグレは執務室の中を行ったり来たりしながら、立ったまま食べた。空を見ると、パリは晴れはじめていた。

「いただけません」ため息をつきながら、ドンジュが申しわけなさそうにサンドイッチを皿に戻した。「食欲がないんです。こんなことになったら、もう《マジェスティック・ホテル》では働けませんよね。別のホテルでも……」

ドンジュの声は震えていた。すがるような声だ。しかし、メグレは何も言わなかった。

「警視さん。警視さんも私が殺したと思っているんですか？」

それでもメグレは返事をしなかった。ドンジュは絶望したように首を横に振った。何度も口を開きかけては閉じている。自分は犯人ではないと説明したいのに、言葉が空回りして、何から始めていいのかわからないのだ。

「まずひとつわかっていただきたいのですが」ようやくドンジュが言葉を発した。「私はほとんど女性とつきあったことがありません。カフェトリの主任という仕事柄、一日中、地下にこもっていますし……。それにこの顔です。好きになったと告白したら、大笑いされたことだってあります。《ブラッスリ・デ・ザルティスト》でミミと出会った時、ミミはひとりではありませんでした。ほかのふたりと一緒にいたんです。そのことはご存じですね。人生なんて、何がどうなるかわかりません。もし、あの時、ほかのふたりのうちのひとりを選んでいたら……。いや、そんなことはあり得ません。何度、人生をやりなおしても同じことが起きるでしょう。私はミミに恋をしたのです。死ぬほどの恋を！　警視さん、私はもうミミのことしか考えられませんでした。ミミがそうしろと言うなら、何でもしたでしょう。そして、いつかミミが結婚を承知してくれるのではないかと、ひそかに夢見ていました。それなのに――それなのに、昨夜、予審判事が私に何と言ったと思います？　正確な言葉は覚えてませんが、そのことを思い出すと悔しくてしかたがありません。予審判事は私が金にしか興味がないと言ったのです。今度のこともただの金目当てだと……。予審判事は私を卑劣な恐喝犯だとしか思っていないのです」

ドンジュが気づまりな思いをしないよう、メグレは窓の外を見た。セーヌは白く輝いていた。

「ミミはアメリカ人と一緒に行ってしまいました。私はアメリカ人が祖国に戻る時にミミを捨ててくれたらいいと思いました。そうしたら、ミミが私のところに戻ってくると……。でも、ある日、ミミから手紙が来て、私たちはミミがアメリカ人と結婚したことを知りました。私は病気になりました。慰めてくれたのはシャルロットです。シャルロットは友だちとして、私を元気づけてくれました。私はもうカンヌにはいたくないと、シャルロットに言いました。どの通りを歩いても、ミミを思い出すからです。私はパリに仕事を見つけました。シャルロットも一緒に来てくれると言いました。そして、信じてもらえないかもしれませんが、私たちはかなり長い間、兄と妹のように暮らしていたのです」

「ミミがアメリカで子供を産んだことは知っていたのか？　あとからではなく、産んだ時に……」パイプの灰を石炭のバケツに落としながら、メグレは尋ねた。

「知りませんでした。知っていたのは、アメリカのどこかで暮らしているということだけです。でも、シャルロットは知っていて、私の心の傷が癒えたと思ったところで話してくれました。その頃にはなんというか、もう本物の夫婦のようになっていましたので……。シャルロットが話してくれたのには、ひとつきっかけがあって、ある晩、隣の家のご主人が真っ青な顔で飛びこんできたんです。なんでも、予定よりもかなり早く子供が生まれそうだということで……。シャルロットはすぐに行きました。そして、翌日、私にこう言ったのです。

『ああ、プロスペル、かわいそうに！　本当ならあなただって……』

そうして、私が問いただすまでもなく、ミミが子供を産んでいたことを話したのです。

結婚したあとに、ミミがジジに手紙で知らせてきたと言って……。その手紙には、〈実は子供がおなかにいて、本当はプロスペルの子供だけれど、嘘をついてアメリカ人に結婚を迫るつもりだ〉と、そんなようなことが書いてあったそうです。

私はカンヌに行きました。ジジは手紙を見せてくれました。それまで取っておいたのです。でも、私に手紙を預けるのは拒否しました。きっともう焼いてしまったと思います。それ私はアメリカに手紙を書きました。息子を返してくれるよう、ミミに頼んだのです。それがだめなら、せめて息子の写真を送ってくれと……。手紙は二通書きました。けれども、返事は来ませんでした。もしかしたら、宛先がちがっていたのかもしれません。私は暇さえあれば想像するようになりました。息子はこんなだろうか、あんなだろうかと……」

そこまで話すと、ドンジュは声を詰まらせた。メグレは鉛筆を削るふりをした。あちこちでドアを開閉する音がして、司法警察は活気づいてきた。

「ミミに手紙を書いたことをシャルロットは知っているのか？」

「いいえ。ホテルから書きましたから……。それから一年くらいたった、ある日のことです。私はお客様がテーブルの上に置いていった外国の新聞を見つけて、ぱらぱらとめくっていました。そして突然、ミミと二歳の息子の写真を発見したのです。私は飛びあがりました。それはミシガン州のデトロイトの新聞で、キャプションにはこうありました。〝装いも優雅なミセス・オズワルド・J・クラーク。ご子息とともに太平洋の船旅から帰国したところ〟……。私はもう一度、手紙を書きました」

「何と書いたんだ？」メグレは関心のなさそうな声で尋ねた。

「覚えてません。ともかく、普通の状態ではありませんでした。なんでもいいから手紙をくれと懇願したと思います。手紙をくれないなら、アメリカに行って真実をばらしてやると……。そして、たぶん……息子を返さないようなら」

「返さないようなら？」

「殺してやると書いた気がします。でも、実際に殺してはいません。だいたい、クラークさん一家がこのホテルに投宿してから一週間というもの、私はミミが息子と一緒に上階で暮らしていたのを知らなかったのです。そんなことは想像もしていなかった。それを思うと……。ミミがいるのを知ったのは偶然です。地階で働く人間にとって、お客様の名前は存在しないも同然です。私たちは二一七のお客様が朝のココアを召しあがったとか、五五二のお客様からベーコンエッグの注文が入ったとか、あれは二二三の家政婦だとか、三一六の運転手だとか、お部屋番号で認識しているのです。

だから、知ったのは偶然です。きっかけは馬鹿みたいなことでした。お供部屋はご存じですね？　そこに入った時、お客様の家政婦が運転手と英語で話していて、その中にクラーク夫人の名前が出てきたんです。私は英語ができないので、会計係のラミュエルに訊いてもらいました。クラーク夫人はデトロイトから来て、小さな息子がいるのではないかと……。答えはそのとおりでした。ミミと息子がこのホテルにいる！　それがわかると、私はひと目どこかで会えないかと、絶えずその姿を探しつづけました。ロビーでも廊下でも三階のお部屋の近くでも……。しかし、ホテルの業務もありますし、それほど自由に歩きまわれるわけではありません。一日中、探したのに、成果はありませんでした。

それに……。わかってもらえるかどうか知りませんが――もしミミがまた一緒に暮らそうと言ってきても、私にはそのつもりはありませんでした。そんなことは絶対にできません。もうミミを愛さなくなっていたから？　そうかもしれません。それはわかりませんが、まちがいなく言えるのは、私にはシャルロットと別れる気持ちがないということです。シャルロットは私によくしてくれています。そんな人と別れるなんてできません。だから、今の生活を壊すつもりはありませんでした。ただ、息子を返してくれればよかったのです。シャルロットは大喜びで息子を育ててくれるでしょう」

メグレは思わず顔をあげて、ドンジュを見た。ドンジュの気持ちが高揚しているように思えたからだ。先ほどのビールで酔っているのか？　だが、ドンジュはビールを一杯しか、いや半分も飲んでいない。それなのに、顔が紅潮して目が輝いている。瞼をいっぱいにあけた大きな目が……。涙は流していないが、息を大きくはずませていた。

「警視さんにはお子さんがいますか？」

メグレは目をそらした。子供がいないことに、妻が悲しい思いをしているからだ。この話題は避けるようにしていた。

「予審判事はいい加減な憶測ばかりするんです。ミミを殺すために、私があアしてこうして、それはこういう理由でああいう理由でと……。でも、それはでたらめです。ミミと息子がホテルに泊まっていると知った日、私は空き時間を利用して、ホテル中を探しまわりました。もちろん、息子に会うためです。でも、結局、息子は見つかりませんでした。もうどうしたらいいか、わからなくなりました。それ以外の時間はカフェトリにこもりっぱなしです。電話はかかってくるし、配膳リフトが降りてくる。三人の女性従業員に指示を出さなければならないし、コーヒーポットやミルク入れに中身を注がなければならない。ほかには何もできません」

「ならばミミに来てもらうしかない」メグレは言った。「そこで手紙を書いたんだな。場所はカフェトリか？」

「はい。私は手紙を書きました。会いに来てくれと。朝の六時だったら、いつも地下のカフェトリにいる。そう書いて懇願しました」

「脅しはしなかったのか？」

「手紙の最後で、そうしたかもしれません。いや、しました。これから三日の間に来てくれなければ、必要なことをすると……」

「必要なこととは？」

「わかりません」

「殺すと書いたのか？」

「そんなことはできません」

「子供を誘拐するとか？」

それを聞くと、ドンジュは間抜けな笑いを浮かべた。

「そんなことができると思いますか？」

「では、クラーク氏に真実を暴露するとか？」

ドンジュはかっと目を見開いた。

「それはありません。誓います。ああ、でも、そうですね。そんなつもりはありませんでしたが、話している最中に怒りの感情がわきあがってきたら、殺すことはしていたかもしれません。でも、あの朝、ミミには会えなかったんです。フォッシュ通りに入る前に自転車のタイヤがパンクしてしまって、ホテルに着いたのは六時十分だったのです。カフェトリにミミはいませんでした。ミミは約束の時間にやってきたものの、私がいないので部屋に戻ってしまったのではないか。私はそう考えました。もしその時点でクラークさんが出かけていたことを知っていたら、従業員専用の階段を使って、部屋まで行ってみたのですが……。けれども、地階の人間は頭の上で起こっていることを知りません。お客様の予定などは知る由もないのです。いずれにせよ、ミミと会えなかったので、私は心配になりました。外から私を見たら、少し様子がおかしかったかもしれません」

メグレは唐突に尋ねた。

「どうして八十九番のロッカーをあけてみようと思ったんだ？」

「それは順を追って、お話しします。話を聞いてくだされば、私が犯人ではないとわかるはずです。私はこれでもれっきとした職業人です。仕事に関して、嘘はつきません。あの朝、私がミミを殺していたとしたら、私はそのあと三〇三号室からの注文にあんなふうな対応をしませんでした。ミミの部屋からの注文に……。

午前八時四十五分くらいのことです。三階のフロアボーイが三〇三号室の注文を伝えてきました。伝票を見ると——この伝票はどこかに保管されているはずです——そこには〈ココアセットと卵ふたつのベーコンエッグと紅茶〉と書いてありました」

「どういうことだ？」

「今から説明します。ココアセットは子供用です。ベーコンエッグと紅茶は家庭教師の朝食。つまり、ふたり分の朝食しか注文されていなかったんです。普段なら、ミミの朝食として、それにブラックコーヒーとビスコットが加わるはずです。そこで私は配膳リフトにコーヒーとビスコットものせました。ところが、しばらくして朝食をのせた盆が降りてくると、コーヒーとビスコットは手つかずで戻ってきたのです。こんな些細なことにこだわるのはおかしいと思うかもしれませんが、地階の人間はこういったことだけでお客様とつながっているんです。

私は三階のフロアボーイに電話をしました。

『もしもし、マダム・クラークは朝食を召しあがりたくなかったのか？』

『いえ、その時間、お部屋にいらっしゃいませんでした』

警視さん、今の話を信じてくださいますか？　予審判事は信じないでしょう。でも、ミミが部屋にいなかったと聞いて、私は彼女に何かあったのではないかと思ったのです」

「何があったと？」

「クラークさんとひと悶着あったのかと……。クラークさんがミミのあとをつけて、言い争いになったんだと思いました」

「ミミに宛てた手紙は誰に託したんだ？」

「ベルボーイのひとりです。ベルボーイはまちがいなく彼女に手渡ししたと言っていました。でも、あいつらは平気で嘘をつきますからね。ろくな連中とつきあっていませんから。クラークさんに手紙を売ったか、あるいはクラークさんが手紙を見つけたのかもしれません。

それで、ともかく心配になって、地階の部屋の扉をひとつ残らずあけて、中の様子を確かめたんです。私に気づいた人がいたかどうかはわかりません。みんな自分の仕事に追われて、ほかの人のことは気にしていませんから……。ミミがどこにもいなかったので、私は更衣室に向かいました」

「八十九番のロッカーは少しあいていたのか？」

「いいえ。私は使われていないロッカーの扉を全部あけました。ミミが心配で――朝食の時、ミミが部屋にいなかったから、ともかく心配で……。でも、ミミが心配でロッカーの扉を全部あけたと言ったら、警視さんは信じてくれますか？　私を信じてくれる人はいますか？　いませんよね？　だから、私は本当のことを言わなかったんです。私は待ちました。私が第一発見者であることをみんなが忘れてくれるのを……。でも、警視さんが捜査にやってきて、尋問しないのは私ひとりだと気づいた時、私は疑われていると思いました。あの日一日、警視さんが地階を行ったり来たりしているのを見ながら、私は思いました。

どうして、警視さんは私に話しかけてこないのだろう? どうして私を見ようとしないのだろう? あれほど不安だったことはありません。仕事も上の空で、自分でも何をしているのか、わかりませんでした。あの日は帰りにラジオの月賦を払わなければいけなかったのですが、それも忘れて、電器店に払いに戻ったくらいです。そのあと、フォッシュ通りに入ったところで、警視さんに声をかけられたんです。私は警視さんがあとをつけてきたのだと気がつきました。それからは、ご存じのとおりです。でも、次の日の朝、シャルロットに言われました。

『どうしてミミを殺したって、白状しなかったの?』と……。

シャルロットでさえ、そうだったんです」

日は高く昇っていた。窓の外を見て、メグレは初めてそのことに気づいた。セーヌにかかる橋の上では何台ものバスやタクシー、配達用のトラックが列をなしている。パリは活動を始めていた。

長い沈黙のあとで、ドンジュが心配そうにつぶやいた。

「息子はフランス語が話せないんです。人から聞きました。警視さん、会いにいってくれませんか?」

それから、急におびえた顔で続けた。

「まさか、このままアメリカに出発させるつもりでは？」

その時、扉があいて、刑事が声をかけてきた。

「メグレ警視、局長がお待ちです」

メグレはため息をついて部屋を出た。朝の報告の時間だった。それからたっぷり二十分間、局長の執務室で過ごすと、メグレは自分の部屋に戻った。

ドンジュはテーブルに突っ伏し、クロスした腕に顔をうずめていた。

思わず不安がよぎった。だが、指の先で肩をつつくと、ドンジュはゆっくりと顔をあげた。あばたのある、その顔は涙に濡れていた。ドンジュは涙を隠そうともしなかった。

「予審判事が執務室で再尋問したいとのことだ。尋問にはさっき私に話したことをそのまま繰り返せばいい」

戸口では刑事が待っていた。

「すまんな」

そう口にすると、メグレはポケットから手錠を取りだした。輪がはまる音がした。

「規則なんだ」ため息をつきながら言う。

ドンジュは刑事とともに出ていった。ひとり部屋に残ると、メグレは窓をあけて外の空気を吸った。空気は湿っていた。

十分後、ようやく元気が出てくると、メグレは刑事部屋の扉をあけた。刑事たちに向かって、いつもの言葉をかける。

「おはよう！　諸君！」

6　シャルロットの手紙

ボノー予審判事の部屋の前では憲兵がふたり、ベンチに座って、自分たちが連れてきた容疑者の尋問が終わるのを待っていた。ふたりとも腕組みをして、背中を壁につけ、軍靴を履いた脚を伸ばして廊下の半分をふさいでいた。

扉の向こうからはボノー判事のぼそぼそした声が聞こえてくる。廊下にはずらりと扉が並んでいて、どの扉の前にもベンチがある。そして、ほとんどのベンチには憲兵が座っていた。中には憲兵たちにはさまれて、手錠をはめられている者もいた。

正午だった。メグレはボノー判事に会うために、パイプを口に、部屋の前で順番を待っていた。

「何の事件だ？」扉を示して、憲兵のひとりに尋ねる。

返事は質問と同じくらい簡潔だった。

「サン＝マルタン通りの宝石強盗です」

別の予審判事室の前では、ベンチで肩を落とした若い娘がじっと扉を見つめている。娘は泣きだしたかと思うと、洟をかみ、涙をぬぐい、それから神経質そうに指を組みあわせた。

ボノー判事の威嚇するような声がさっきよりもはっきり聞こえた。扉が開いたのだ。メグレは反射的にまだ熱いパイプをポケットにしまった。若い男が部屋から出てきた。憲兵たちが両側から捕まえる。男は横柄な態度をとっていた。本物の悪党だ。予審判事のほうをふりかえると、男は言った。

「じゃあ、またな、判事さん。いつでも喜んで会いに来ますよ」

それから前を向くと、メグレに気づいて顔をしかめた。だが、すぐに表情をやわらげると、ウインクをしてよこした。メグレは記憶をたどるように目を細めた。この男はどこかで見たことがある。はっきりとは言えないが、頭の中で何かがひっかかった。

半分開いた扉の向こうから声がした。

「ブノワ君、警視を中に通してくれ。それから、きみは休憩に行ってかまわない。午前中はもうきみに用はないからね」

メグレは部屋に入った。だが、頭の中ではさっきのことを考えていた。あの若い男とはどこで会ったのだろう？　何がこんなにひっかかるのだろう？

「こんにちは、警視。疲れてはおらんかね？　まあ、座りたまえ。パイプはどうした？　吸ってもかまわんよ。で、カンヌはどうだった？」

ボノー判事は決して意地悪な人間ではなかった。だが、警察を出し抜いたことがよほど嬉しかったのだろう。もちろん、あからさまに得意げな様子は見せなかったが、きらきらした目を見れば、どんな気持ちかはすぐにわかった。

「私たちは同じ事実にたどりついた。私はパリに残って、この部屋から離れることなく……。きみはわざわざカンヌまで行って……。面白いとは思わんかね？」

「確かに面白い……」

メグレはひきつった笑みを浮かべた。誰かの家に招待されて、あまり好きではない料理のお代わりを勧められた時のような笑みだ。

「この事件について、きみはどう思うかね？　プロスペル・ドンジュのことはどう考える？　今ここにドンジュの供述書がある。内容は今朝、やつがきみに話したのと同じものだ。やつ自身がそう言っていたからな。やつはすべてを白状したんだ」

「そうすべてを……。クラーク夫人とフロントマンのジュスタン・コルブフを殺したこと以外は……」メグレは静かに言った。

「そのふたつ以外は……。確かにそのとおりだ。だが、それは望みすぎだろう。ドンジュは昔の愛人を脅迫していたことを白状した。手紙を渡して、朝の六時にホテルの地階に呼びだしたことも……。手紙の内容はかなり不穏なものだったのだろう。クラーク夫人が拳銃を買いにいったくらいだからな。ふたりはホテルの地階で会って……。まあ、ドンジュ自身は自転車がパンクしたので、六時にホテルに着けなかったと、いい加減なことを言っているがね」

「いい加減じゃありません」

「どうしてわかるんだ？　ホテルに入る前に自分でパンクさせたかもしれんじゃないか」

「そんなことはしていません。あの朝、ドンジュはフォッシュ通りからシャンゼリゼ通りに入ったところで、〝パンクをしたのか？〟と制服の警官から声をかけられています。私は確認しました」

「そんな細かいことはいいじゃないか」せっかく組み立てた論理がくずされると思ったのか、判事はあわてて言った。「それより警視、きみはドンジュの過去を調べたかね？」

判事の目が得意げに光った。今はもう喜びを隠しきれない様子で、しきりに顎ひげを撫でている。

「おそらく時間がなくて、そこまで手が回らなかったのだろう。わかるよ。私のほうは、ちょっと興味を引かれたものでね、犯罪記録保管所に問いあわせてみた。そして、送られてきた書類を見てびっくりした。なんとドンジュは、あんなおとなしい顔をして、初犯ではなかったのだ！」

メグレは苛立ちを抑えることができなくなった。

「いや、実に興味ぶかい」判事が続けた。「せっかく司法警察の屋根裏部屋に犯罪記録が保管してあるのに、ちょっとそいつをひっぱりだして、参考にしてみようとも思わないのだからね。ともかく、それによると、プロスペル・ドンジュは十六歳の時にヴィトリ＝ル＝フランソワのカフェで給仕として働いていたのだが、ある時、レジから五十フランの現金を盗み、逃走しようとしたところで、リヨン行きの列車の中で捕まったのだ。どうだ？　犯罪者になる素質は十分じゃないか。未成年だったので、軽犯罪刑務所に入れられることはなかったが、二年間の特別保護観察処分を受けている」

メグレは判事の話を半分しか聞いていなかった。それよりも、さっきのことが気になっていたのだ。

〈あの男をどこで見たのだろう？〉

自分と入れちがいに、判事の部屋から出てきた若い男。あの男には確かに見覚えがあった。判事が言葉を継いだ。

「十五年後、三十一歳の時にはカンヌで暴行事件を起こし、さらには駆けつけた巡査に反抗し、侮辱した罪で三ヵ月の刑を受けている。執行猶予はついたがね。そうそう、ここらでひとつ、きみにいいものを見せようか」

そう言うが早いか、判事はノートの切れ端を差しだした。雑貨屋で売っていて、小さなカフェで注文を書き記すのに使うような方眼罫のノートだ。文字は紫のインクで書かれていた。インク洩れのせいで、ところどころ字がにじんでいる。教養のない女の文字だ。

リュカの話していた匿名の手紙だろう。この手紙によって、予審判事はドンジュとミミが昔、恋人同士だったということを知ったのだ。

「ここに封筒がある。消印を見ればわかるとおり、手紙は二十日の午前零時から朝六時の間にクリシー広場の郵便ポストに投函されている。いいかね？　クリシー広場だよ。モンマルトルの近くだ。そして、ここに一冊のノートがある」

メグレはノートを見た。小学生の使うノートだ。ところどころに油の染みがあって、あまりきれいではない。中は料理のレシピだった。新聞の切り抜きを貼ったものや、記事を書きうつしたものもある。

メグレはさすがに眉をしかめた。予審判事はもはや気持ちを抑えることができず、勝ち誇った顔をしている。

「どうだね？　同じ筆跡だと思わんかね？　私はそうだと確信している。このノートはプロスペル・ドンジュを逮捕した時に、台所の戸棚から見つかったものだ。つまり、レシピはドンジュと一緒に暮らしているシャルロットが書きうつしたものだ」

よほど、この結果に満足だったのだろう、判事は申しわけないといった顔をした。

「我々検事局と司法警察ではいつも同じ考えで動いているわけではない。それはよくわかっている。特にきみは、少し特殊な事情があったり、容疑者が特別の境遇にあったりすると、寛大な措置を求めたがる。検事局にはとうてい認めがたい寛大な措置をね。だが、今回にかぎっては、さすがのきみも私たちのやり方がまちがっているとは言えないだろう。そうじゃないかね？　ちがうと言うなら教えてほしい。ドンジュに同情の余地はない。あれは卑劣な男だ。そうでなければ、あれほどドンジュに尽くしているように見えるシャルロットがどうして匿名の手紙を私に送ってくるんだ？　手紙を送ったら、ドンジュが疑われるのは明らかなのに……。その理由がわかるかね？」

「わかりません」

メグレはうなだれた。判事が続けた。

「ドンジュが犯人だと、シャルロットが知っていたからだ。きみはシャルロットをしぼりあげるべきだったな。そうすれば……。この事件はもう長くはかかるまい。私はドンジュをサンテ刑務所に送った。これで一件落着だ。第二の殺人については、説明するまでもないだろう。夜勤のフロントマンの――名前は確かコルブフだったな、コルブフは第一の殺人を目撃してしまった。すなわち、誰がクラーク夫人を殺したのか知っていたのだ。おそらく夜勤が明けて、家に帰ってからも眠れなかっただろう。はたして犯人を告発するべきかどうか？　悩んだ末に、コルブフは《マジェスティック・ホテル》に行き、警察に知らせると犯人に告げた……」

その時、電話が鳴った。

「もしもし、私だ。わかった。すぐに出かける」

そう電話に答えると、判事はメグレに向かって言った。

「妻からだ。友人たちが昼食をとりにくることになっていてね。では、あとの捜査は任せるよ。材料はもう十分にそろっているはずだ」

メグレは戸口に向かった。だが、そこでずっと気になっていた答えをようやく見つけた。顔をあげると、判事のほうをふりかえって言う。

「そう言えば、判事、フレッドのことですが……。私が来る前に、判事は若い男を尋問なさっていましたね？　あれは〈マルセイユのフレッド〉でしょう？」

「そうだ。さっきのが六回目の尋問になる。あいつめ、なかなか共犯者の名前を吐かんのだ」

「私はフレッドに会っています。二十日ほど前にイタリア広場のアンジェリーノがやっている店で……」

予審判事はそれがなんだという表情をした。メグレは続けた。

「《ミュゼット》という名のクラブですが、ろくでもない連中が集まってくるところで……。それはともかく、アンジェリーノは一年前から〈片目のハリー〉の妹と同棲しているんです」

判事はあいかわらず、わけがわからないといった顔をしている。メグレは大きな態度をしていると見えないように、できるだけ身体をすぼめた。

「〈片目のハリー〉はこれまで三回、強盗の罪で捕まっています。大工をしていたことがあって、壁に穴をあけるのが得意なんです」

それから、扉の取っ手をつかむと、一気に吐きだした。

「サン＝マルタン通りの宝石強盗は、隣の建物の地下室から壁にふたつ穴をあけて、宝石店に侵入したのではなかったでしょうか？　さようなら、判事さん」

心が波立っていた。シャルロットの手紙のせいだ。だが、そこにあるのは怒りの感情だけではなかった。むしろ、悲しみの気持ちのほうが強かった。

検事局を出ると、メグレは殺された夜勤のフロントマン、ジュスタン・コルブフの家に行くことにした。刑事をひとり送ってもよかったのだが、刑事によっては家の雰囲気が嗅ぎわけられるかどうか不安だったのだ。

コルブフの妻が管理人をしているという新築マンションはマドリード通りにあった。ブローニュの森のすぐ北側だ。真っ白な建物で、立派な鉄の門がついている。管理人室は玄関ホールの右手にあった。ドアはガラス張りで、中は本物の応接室のようだった。女性が三人か四人ソファに座って、悲しげに首を振っている。テーブルの盆の上には何枚か名刺がのっていた。もうひとり、目を真っ赤に泣きはらした女性がドアをあけて尋ねた。

「どんなご用件で？」

中に入ると、奥の部屋の扉があけっぱなしになっていて、ベッドに横たわる遺体が見えた。指にロザリオをかけて、両手を組んでいる。薄暗い部屋の中で二本のろうそくの明かりが揺れていた。聖水盤には遺体に水を振りかけるためのツゲの小枝が添えられている。弔問に来た人々は小声で話していた。洟をかむ音も静かだ。誰もが音をたてないように、爪先で歩いている。メグレは芳名帳に名前を書くと、ツゲの小枝で少しだけ遺体に聖水を振りかけた。それからしばらくの間、何も言わずに遺体の鼻を見つめた。ろうそくの明かりで、鼻は奇妙に光っていた。

「恐ろしいことです」コルブフの妻が声をかけてきた。「あんなにいい人だったのに……。あの人を憎んでいる人なんて、ひとりだっていませんでした」

ベッドの上方には楕円形の額縁に入って、ジュスタン・コルブフの遺影が飾ってある。軍隊時代の写真で、曹長の軍服を身につけて、みごとな口ひげを生やしている。額縁にはメダルのついた戦功十字勲章が取りつけられていた。勲章のリボンには棕櫚の葉の記章が三つついている。

「あの人は軍人としての経歴が長かったんです」妻が言った。「でも、退役したら、昼間、何もすることがなくなって、最初はオスマン通りのクラブハウスの監視人をしていましたが、そのうちに《マジェスティック・ホテル》の夜勤のフロントマンをしないかと、声がかかったのです。あの人はすぐに引き受けました。睡眠をあまりとらなくても大丈夫なんです。兵舎では毎晩のように夜中の巡回をしていたくらいです」

その言葉に、おそらく親戚の人たちだろう、まわりにいた人々がもっともらしくうなずいた。

「ご主人は昼間は何を?」メグレは尋ねた。

「ホテルから帰ってくるのが朝の七時十五分で、それがちょうどゴミ収集の時間と重なるものですから、毎朝、居住者のゴミ箱を外に出してくれました。ええ、私には決して力仕事をさせないんです。それから、玄関の敷居のところでパイプをふかしながら、郵便配達が来るのを待ちました。配達をする人は軍隊時代の部下なので、少しおしゃべりをするんです。そのあとはお昼まで眠ります。睡眠はそれで十分なんです。昼食のあとは散歩です。ブローニュの森をシャンゼリゼ通りまで行っていました。時には《マジェスティック・ホテル》に寄って、日勤の人たちに挨拶をすることもあったようです。それから、ホテルのそばのポンチュー通りの小さなバーでトランプをして、六時に帰ってきます。そして七時になると、またホテルに出かけていくのです。この時間はいつも決まっていて、近所の人たちはあの人が通るのを見て、時計がわりにしていたくらいです」

「口ひげを生やさなくなったのは、いつから？」

「軍隊をやめてからです。なんだかとっても変な感じでした。すごく縮んでしまったみたいで……。小さくなったような気がしたんです」

メグレは遺体に黙禱《もくとう》をささげると、爪先立ちで部屋をあとにした。

マドリード通りからだと、サン＝クルーはさほど遠くない。メグレはシャルロットのところに寄ってみようかと考えた。いったん思いつくと、ぜひそうしなければという気持ちになる。だが、それと同時に、なぜだかそうしたくない気持ちもあった。迷っていると、タクシーがやってきた。メグレは手をあげた。こうなったら、行くしかない。

「サン＝クルーまで。近くに着いたら、また説明する」

いつのまにか、細かい雨が降りはじめていた。空は灰色だった。まだ三時だったが、日暮れ時のような暗さだ。道沿いには家が並んでいる。だが、庭の花壇には花がなく、木々の葉も散っている。その奥で家はどれも寂しげだった。

玄関の呼び鈴を押すと、扉をあけたのはシャルロットではなく、ジジだった。中に入ると、誰が来たのかとシャルロットが椅子に座ったまま、台所の奥から覗いているのが見えた。ジジは何も言わず、脇にのいて煙草に火をつけた。あいかわらず軽蔑した表情を浮かべている。

この家に来たのは二日ぶりだが、中の様子はすっかり変わってしまったように思えた。おとといはもう少しきちんとしていたような気がする。ジジがいるせいで、散らかった感じがするのだろうか？　テーブルの上には昼食の時の皿が出しっぱなしになっていた。

ジジはスリップの上にシャルロットの部屋着を着て、素足にプロスペルの古靴を履いていた。シャルロットは太っているし、靴は男物なので、どちらもぶかぶかだった。煙草の煙がしみるようで、半分、目を閉じている。

シャルロットのほうは椅子から立ちあがったものの、何と言ったらよいのか、わからない様子だった。顔色がさえず、ブラジャーをしていないのか、乳が垂れさがっているのが服の上からでもわかった。

誰もが話しだそうとしなかった。互いに警戒して、相手の出方をうかがっている。メグレはうわべだけ平静を取りつくろって椅子に座った。山高帽を膝に置いて、ようやくつぶやくように言う。

「今朝、ドンジュとじっくり話したよ。プロスペルと……」

それを聞くと、急にシャルロットが勢いこんで尋ねた。

「あの人は何て？」

「ミミも夜勤のフロントマンも殺していないと……」

「ほら」ジジが勝ち誇ったように口にした。「あたしが言ったとおりじゃないの」

シャルロットは何も言わなかった。あまり積極的に自分を表に出さないのだろう。どちらかというと、流されて生きてきたタイプだ。頼れるものを探して、そこにしがみつく。そんなタイプの女だ。

「予審判事とも会ってきた。ミミとプロスペルが昔つきあっていたという匿名の手紙を見せてくれた」

シャルロットは反応を示さなかった。太った身体に重たげな瞼でこちらを見つめると、どういうことか知りたいという様子で尋ねた。

「匿名の手紙？」

メグレは予審判事から預かってきたレシピのノートを見せた。

「これはあんたのものだね？」

「そうよ。でも、どうして？」

「ペンはあるか？ 古くて、インクが洩れるものがいい。あとはインク壺と紙だ」

ちょうどサイドボードにインク壺とペンが置いてあった。ジジは何か危険を察知したように、シャルロットとこちらを見て身がまえている。何かあったら、すぐに割って入る気なのだ。

「気楽に座って……。そう。じゃあ、書いてくれ」

「書いてくれって、何を？」

「だめよ、シャルロット！」ジジが大声を出した。「警察なんて、何を企んでいるか……」

「書くんだ。何も企んじゃいない。約束するよ」メグレは言った。「文章はこうだ。《予審判事様、失礼とは思いましたが、新聞（フランス語で journaux）でドンジュの事件を読んだので、私が知っていることを書きます》」

そして、シャルロットが書きおわると、尋ねた。

「どうして journaux の最後を t にするんだ？」

「さあ、何にすればよかったの？」

「x だ」

匿名の手紙では、最後が t ではなく s になっていた。

「続けてくれ。《クラーク夫人はアメリカ人ではありません。昔、踊り子をしていたフランス人で、名前をミミといいました》」

シャルロットが書くのを見とどけると、メグレは肩をすくめた。

「そこまででいい。では、この手紙を見てくれ」

そう言うと、やはり予審判事から預かってきた匿名の手紙を見せる。

「誰がこの手紙を書いたの？」シャルロットが尋ねた。

「私もそれが知りたいんだ」

「まさか、あたしが書いたとでも？」

シャルロットの顔が怒りで赤くなった。メグレは急いでなだめた。

「そうは思っていない。あんたとジジのほかに、このことを知っている者はいるか？　私はそれを訊きにきたんだ。ミミとプロスペルがつきあっていて、子供がいたことを……」

「ほかに、あのことを知ってる人……。ジジ、あんた、誰か思いあたる人はいる？」

ジジは首を横に振った。そのまましばらく、ふたりでぼんやりと心当たりを探している。おとといから急に散らかって汚くなった部屋のなかで、時間は急に流れが遅くなったように思われた。ジジが時々、鼻孔をふくらませている。コカインが切れているのだ。

「誰もいないと思う」シャルロットが言った。「プロスペルも入れて、あたしたち三人だけよ」

「ドンジュの子供を妊娠しているというミミからの手紙を受け取ったのは？」

「あたしよ」ジジが答えた。「昨日、カンヌを出る前に昔の物を整理していた箱を見たの。一応、とってあったのね。持ってきたわ」

「見せてくれ」

「条件があるわ。プロスペルを……」

「あたりまえだ。私をなんだと思っているんだ。プロスペルを留置場から出そうとしているのがわからないのか？」

不機嫌な声で、メグレは言った。この事件の裏には複雑な陰謀が隠されている。それはわかっているが、具体的な証拠は何ひとつつかめないのだ。

「読みおわったら、返してよ」

メグレは肩をすくめて、水色の紙に書かれたミミの手紙を読みはじめた。

《ジジへ

ああ、ジジ、やったわ。時間はかかったけど、でも、やったの。奥様になったのよ。前にあたしが「今の境遇から抜けだして、奥様になってやる」と言った時、あんたたちは笑ったけど。あんたとシャルロットは。

でも、聞いて。あたしは奥様になったのよ。あたしたちは昨日、結婚した。オズワルドとあたしは。オズワルドがイギリスで結婚式を挙げたいと言ったので、おかしな結婚式だったけど……。フランスとは全然やり方がちがうのよ。式の間、〈あたしは本当に結婚したの？〉って思うくらいだった。でも、結婚したの。

シャルロットにも知らせてね。二、三日したらアメリカに出発するわ。ストライキのせいで、船が出る日がまだわからないの。

プロスペルにはこのことは言わないほうがいいと思う。かわいそうに。とってもいい人だと思うけど、まだ子供なのよ。一年近くもつきあえたのが不思議なくらい。あれはきっと、あたしが〝親切な女〟だった一年ね。

でも、あたしがそんなふうに思っているとは知らずに、彼はあたしが望むことなら、なんでもしてくれた。これはあんたの胸にしまっておいて。シャルロットには関係のないことだから。あの太っちょのおセンチさんには。

それはそうと、あたしはどうやら妊娠したみたいなの。最初はどうしようかと思ったわよ。オズワルドの子供かどうかわからないし……。だからオズワルドに話す前に、産婦人科医に相談に行ったの。それで一緒に計算してみたら、父親はオズワルドじゃないって言われたの。それだけは確かだって。だったら、プロスペルしかいないわよね。ああ、でも、これはプロスペルに話しちゃだめ。彼が知ったら、父性本能を発揮してしまうもの。

そのあとのことは長くなるから、はしょって書くけど……。医者はとっても親切にしてくれたの。生まれた時に早産だったことにすれば、なんとかごまかせるんじゃないかって、アドバイスをくれてね。そしたら、父親はオズワルドだということにできるって。

オズワルドは真剣に受けとめてくれた。最初はとっつきにくい印象だけど、見かけほど冷たくはないの。根は優しい人なのよ。まだ結婚前のことだったけど、妊娠したって聞くと子供のように喜んで、ふたりでダンスホールをはしごしたり、お祭りのメリーゴーランドの木馬に片っぱしから乗ったりしたわ。

まあ、そういうわけで、あたしはオズワルド・J・クラーク夫人になったというわけ。住むのはミシガン州のデトロイトよ。こっちに来てからは英語しか話してないわ。オズワルドはフランス語をひと言も話せないから……。

あんたたちのことはよく思い出すわ。あんたとシャルロットのことは……。シャルロットはあいかわらず、太りたくないって言ってる？　暇な時は編み物をしているのかしら。そのうち、南仏のどこかの町で手芸屋さんでも始めるかもしれないわね。

ジジ。あんたはそんな平穏な生活を送らないでしょうね。前に白いゲートルをつけた金持ちのお客がふざけて言ってたけど——ねえ、あの客、覚えてる？　あんたはまっとうな人生を送らない。あんたの身体には悪徳がしみついてるって。あたしもそう思うわ。

シャルロットによろしく。プロスペルを見て、吹きだしちゃだめよ。〈この人、何も知らずに父親になるんだ〉と思ったら、笑っちゃうのはわかるけど。

そのうち絵葉書でも送るわ。

じゃあね。

ミミより》

「この手紙を預かってもいいか？」メグレは尋ねた。

すると、ジジが答えるより先にシャルロットが言った。

「ジジ、そうさせてあげて。今はこの警視さんだけが……」

それからこちらを見ると、シャルロットは続けた。

「あの……。あの人に面会することはできないのかしら？　面会はできなくても、食事を差しいれることはできるでしょ？　そうよね？　それと、ひとつお願いがあるんだけど……」

そう遠慮がちに口にして、顔を赤くすると、シャルロットは千フラン紙幣を差しだした。

「これであの人が本を買えるようにしてくれないかしら？　空いた時間があったら、本を読んで勉強をするような人だから……」

メグレは家を出た。外はあいかわらず雨だった。街灯が通りを照らしている。メグレはタクシーを拾った。車は二日前、ドンジュと一緒に自転車で走ったブローニュの森を抜けていった。

「《マジェスティック・ホテル》の前で降ろしてくれ」

ホテルに入ると、フロントマンが出てきて、メグレがロビーを横断する間、何か役に立てることはないかと黙ってあとについてきた。そうして、クロークのところまで来ると、オーバーと帽子を預かってくれた。ホテルの支配人もカーテンをあけて、こちらの様子を見ている。ホテルの従業員とは全員、顔見知りになっている。みんなの視線が刺さった。

どこに行こう？　バーか？　喉も渇いていた。だが、その時、楽団の音楽が聞こえてきた。地下のティールームでダンスパーティーが行われているのだ。曲はタンゴだ。演奏にはあまり覇気がない。メグレは絨毯ばりの階段を使って地下に降りると、会場になっているティールームに入った。青い照明を浴びて踊る人々のかたわらで、隅に置かれた小さなテーブルでは休憩中の客が紅茶を飲みながら、ケーキを食べていた。給仕長が注文をとりにきた。

「生ビールを!」

「生ビールでございますか?」

メグレは有無を言わせない目つきで、そうだとうなずいた。給仕長は伝票に注文を書きつけ、奥に持っていった。メグレは伝票の行方を目で追った。会場の奥——楽団が演奏している場所の横には扉がある。その向こうにはガラスの仕切りのある部屋が並んでいるはずだ。カフェトリや厨房、洗い場、お供部屋、そして廊下をずっと歩いていくと、従業員専用の出入口に通じる階段がある。ロッカーが並んだ更衣室は廊下を何度か曲がった先にある。

と、不意に誰かの視線を感じた。あたりを見まわすと、宝石で飾りたてた中年の女性と踊っているゼビオと目が合った。

勘ちがいだろうか? ゼビオの目は何かを知らせようとしているように思えた。メグレはゼビオの視線の方向に目をやった。そして、オズワルド・J・クラークが家庭教師のエレン・ダロマンと踊っているのに気づいた。

ふたりはまわりの視線をいっこうに気にしていないように見えた。まるでホールに誰も人がいないように、ふたりだけの世界にこもっている。口もとに微笑みを浮かべ、恍惚とした面持ちで、ふたりきりの時を謳歌しているのだ。やがて、曲が終わると、ふたりは名残りを惜しむようにしばらくその場にとどまり、それから自分たちのテーブルに戻った。

メグレはクラークの上着の折り襟に黒いリボンがついているのに気づいた。たぶん、それが喪の印なのだろう。

ポケットの中で思わずミミの手紙を握りしめる。この足で、今すぐクラークのテーブルに行って……。

しかし、予審判事はクラークには関わるなと言っていた。確かにクラークはアメリカから来た上流階級の紳士だ。ダンスパーティーで喧嘩を吹っかけていい相手ではない。

タンゴに代わってスローの曲が始まった。先ほど伝票の消えた方角から逆の道筋をたどって、生ビールがやってきた。クラークと家庭教師はまた踊りはじめた。

やりきれない気持ちで席を立つと、メグレはビールの代金を置いていくのも忘れて、一階のロビーにあがった。

「三〇三号室には誰かいるか?」フロントマンに尋ねる。

「お部屋にいるのは、ご子息と家政婦だけだと思います。よろしければ、電話をしましょうか？」

「いや、かまわない。ありがとう」

そう言って、メグレは階段に向かった。

「左手にエレベーターがありますよ、警視さん」

うしろから声がした。だが、その時にはもう、メグレは大理石の階段をゆっくりとのぼりはじめていた。低い声で唸りながら……。

7 「何と言ったんだ？」の夜

階段をのぼりきったところで、メグレはふと自分の居場所について考えた。いや、ちょっとそんな考えが頭をかすめただけだ。目指す部屋に着く頃には忘れていたくらいだ。だが……。

三階まであがると、メグレはいったん立ちどまって、息を整えた。居場所についての考えがかすめたのは、その瞬間だ。あがってくる途中、メグレは一階のレストランの給仕長が空になった盆を手に降りてくるのとすれちがっていた。廊下ではベルボーイが小走りになって、脇に抱えた外国の新聞を部屋に配っていた。

そして今、目の前では、ダンスパーティーが開かれているティールームに行くためだろう、優雅に着飾ったご婦人たちが香水の香りを漂わせながら、エレベーターを待っている。〈誰もが然るべき場所にいる〉頭にそんな考えが浮かんできた。〈廊下にいる者も部屋にいる者もロビーやホテルの施設にいる者も……。客たちも、従業員も……〉

いや、正確に言うと、頭をかすめたのはそんなことではない。詳しく説明すれば、こういうことだ。誰もが自分の場所にいて、自分のするべきことをしている。外国から来た金持ちのご婦人がティールームに行くのは当然だろう。紅茶を飲み、細巻の煙草をふかしり、ダンスをしたりするのは……。あるいはホテルのブティックで服を試着したりするのは……。泊まり客だけではない。給仕長が盆を持って階段をあがりおりするのも、部屋係のメイドがベッドをしつらえるのも、エレベーター係がエレベーターを操作するのも、みんなあたりまえだ。

つまり、ここでは誰もがそれぞれの立場に応じて明確な役割を持っていて、その役割を遂行しているのだ。

では、自分はどうだろう？　今、ここで何をしているのかと問われたら、自分はどう答えるのだろう？

〈おれは犯人を刑務所にぶちこもうとしている。もっと言えば、死刑台に送ろうとしている〉そう答えるのか？

頭をかすめたのは、そういうことだ。別にたいしたことではない。あまりに豪華なホテルの様子や優雅なダンスパーティーの雰囲気に、ふとそう思っただけだ。

三〇九……三〇七……三〇五……三〇三。目指す部屋の前まで来ると、メグレは一瞬ためらった。だが、結局、ノックをした。扉に耳を近づけて、中の様子をうかがう。英語で話す男の子の声が聞こえた。それから、もう少し遠くで女性の声がした。その声は「どうぞ」と言っているように思えた。

メグレは扉をあけて、中に入った。玄関の広い廊下を抜けると、居間に出た。三つの窓がシャンゼリゼ通りに面している大きな部屋だ。その窓の近くで中年の女性が縫い物をしていた。家政婦のガートルード・ボーンズだ。看護師が着るような白衣を身につけて、ただでさえ厳しそうな顔つきをしているのに、眼鏡をかけているせいで、いっそう近寄りがたく見える。

しかし、興味があるのは家政婦のほうではなかった。子供のほうだ。メグレは子供を眺めた。ニッカーボッカーを穿き、痩せた身体を厚手のセーターで包んでいる。床に座って絵本を読んでいるところで、まわりには玩具が散らばっていた。その中には、機械仕掛けで帆が動く大きなヨットや、本物そっくりに作られた有名な自動車の模型もあった。メグレが入ってきたのを見ると、男の子は一瞬、顔をあげたが、すぐにまた絵本に戻った。

これはその夜のことになるが、家に帰ると、メグレは妻にこの時の場面をこう話した。

「それで、いいか？　マダム・メグレ。家政婦は私にこう言ったんだ。

『ユー・ウィー・ユー・ウィー・ウィー・ウェル』と……。

時間を稼ぐ意味もあって、私は早口でこう尋ねた。

『ここはオズワルド・J・クラークさんのお部屋ですか？』

すると、家政婦はさっきの言葉を繰り返した。

『ユー・ウィー・ユー・ウィー・ウィー・ウェル』

でも、その間に男の子を観察することができたというわけだ。あの年頃にしては大きな頭をしていてね。ドンジュから聞いたとおり、燃えるように赤い髪をしていた。目の色もドンジュと同じだった。蔓日日草《ツルニチニチソウ》のような淡いブルーだ。明けかかった夏の空の色だと言ってもいい。首は細かったな。

それで子供は家政婦と英語で話しはじめたんだが、私の耳にはやはり同じように聞こえた。

『ユー・ウィー・ユー・ウィー・ウィー・ウェル』

もちろん、ふたりは私が何をしにやってきて、どうしてそこに居座っているのか、わからない様子だった。私だって、何をしにきたかと訊かれたら、本当のことは言えなかった。

それで、ただ大きな陶器の花瓶に入った何百フランもしそうな花束を眺めていた。

そのうちに家政婦がとうとう立ちあがった。縫い物を椅子に置くと、電話のところに行って話しはじめたんだ。

その間に、私は男の子に尋ねた。

『きみはフランス語が話せるのか？』と……。

子供は返事をせず、警戒したように私を見つめただけだった。それから、しばらくして、制服を着たホテルの従業員がやってきた。そして、その従業員が家政婦の言葉を通訳したというわけだ。

『彼女はあなたが何をしにここに来たのか訊いています』

『私はクラークさんに会いにきたんだ』

『クラークさんはここにはいません。下にいると言っています』

『ありがとう』

とまあ、そういうわけだ」

つまり、そういうことだった。メグレはミミの息子の顔が見たくなって、クラークの部屋にやってきたのだ。部屋を出ると、メグレはサンテ刑務所の独房に留置されているはずのドンジュのことを考えながら、階段を降りた。そして、なぜだかわからないが、ダンスパーティーが開かれているティールームに戻った。すると、先ほど運ばれてきたビールがまだ片づけられていなかったので、席に座ってそれを飲んだ。

メグレは一種の放心状態にいた。よくあることで、珍しいことではない。その間、まわりで何が起きているかは、はっきりとわかっている。しかし、それがどうしてそうなったのかとか、その結果、誰が何をして、これからどうなるかなどについては、いっさい関心がなくなるのだ。だから、この時もただ制服の従業員が家庭教師のエレン・ダロマンに近寄って、何か耳打ちするのをぼんやりと見ていた。彼女が立ちあがって、電話ボックスのほうに行き、しばらく電話をしているのも、ただ漠然と眺めていただけだ。

電話ボックスから出てくると、家庭教師はあたりを見まわし、こちらを見てからクラークのところに戻った。そして、あいかわらずこちらを見ながら、クラークの耳に何かをささやいた。

その瞬間、メグレはこれから不愉快なことが起きるという明確な印象を抱いた。それを避けるなら、ここから出たほうがいい。だが、メグレは残った。

どうして残ったのかと訊かれたら、自分にもわからないと答えただろう。警察官だから、捜査のために残ったということではない。そんな必要はなかったし、そもそもこのダンスパーティーの会場は自分の居場所ではないのだから……。

いや、自分でもよくわからないが、ここに残ったのはまさにその理由からなのだ。自分のいるべき場所ではないと言われたからだ。予審判事は自分に断りもなく、プロスペル・ドンジュを逮捕した。そのくせ、クラーク氏には関わるなと命令してくる。

それはこういう意味だ。

〈クラーク氏は、きみとは住む世界がちがう。きみには理解できまい。クラーク氏のことは私に任せておくんだ〉

メグレは骨の髄まで庶民だったので、今、自分のまわりを取り巻いているものに反発を覚えた。

しかたがない。ここに残るしか選択肢はない。顔をあげると、今度はクラークが眉間にしわを寄せて、こちらを見ているのに気づいた。家庭教師に何か言うと――たぶん、きみはここに残っていろと言ったのだろう、クラークは立ちあがった。新しい曲が始まった。照明が青からピンクに替わった。踊っているカップルの間を縫いながら、クラークはこちらに近づき、すぐ目の前で立ちどまった。英語で何か言う。

しかし、メグレは英語がわからなかったので、その言葉は次のように聞こえた。

「ウェル・ユー・ウェル・ウィー・ウィー・ウェル」

ただ、声の調子から怒っているのはわかった。

「何と言ったのです?」メグレは尋ねた。

それを聞くと、クラークは怒りを爆発させた。

やはり同じ夜のこと、メグレの話を聞いて、首を横に振りながら、マダム・メグレは言った。

「白状しなさいよ、メグレさん。あなた、わざと相手を怒らせたでしょう？　あなたときたら、たとえ相手が天使だって逆上させることができるんだから」

メグレは白状しなかった。だが、気分は愉快だった。別にたいしたことをしたわけではない。激高するクラークの前で、両手を上着のポケットに突っ込み、面白そうに相手を眺めただけだ。

それのどこが悪いというのか？　あの時、メグレはドンジュのことを考えていた。ドンジュはサンテ刑務所に留置されている。ダロマン嬢のような美しい女性とダンスをすることもない！

そのダロマン嬢はクラークの様子に不穏なものを感じたのだろう、席を立って、こちらにやってきた。だが、すでに遅かった。逆上したクラークが拳を握って、メグレの顎にパンチを浴びせていたのだ。アメリカ映画で見るような鮮やかな一発だった。

隣のテーブルで紅茶を飲んでいたふたりの婦人が悲鳴をあげて、立ちあがった。幾組かのカップルは踊るのをやめ、こちらを見ていた。

クラークのほうはこの一撃に満足しているようだった。自分には相手を殴るだけの正当な理由があり、なんら釈明する必要はないと考えている様子だった。

メグレは顎をさすることすらしなかった。まわりの人間は不思議そうな顔をしていた。確かに顎に拳が命中する音はしたが、殴られたほうが何事もなかったかのようにふるまっていたからだ。まるで指ではじかれたくらいの感じだった。

メグレ自身はこの成り行きをひそかに喜んでいた。ここまではっきりと狙ったわけではないが、これ以上の展開はない。予審判事がどんな顔をするかと思うと、笑みがこぼれるのを押しとどめることができなかった。

「落ち着いて。おふたりとも、落ち着いて！」

メグレが殴りかえして喧嘩が続くと考えたのか、給仕長が止めに入ってきた。すかさずダロマン嬢がクラークの前に立ち、メグレの前には踊り手のひとりが立って、ふたりが近づかないようにした。クラークが何か話しだした。

「何と言ったんだ？」メグレは尋ねた。

「何でもありませんよ。おふたりとも、どうか落ち着いて」

クラークはあいかわらず話している。

「何と言ったんだ?」

誰も答えない。メグレはわざとぞんざいなふりをして、ポケットから手錠を出してみせた。まわりのご婦人たちから驚きの声が洩れた。話には聞いていても、実際にこんな近くで見るのは初めてだったからだろう。

「給仕長、この人に通訳して伝えてくれ」メグレは言った。「公務執行中の警察官に暴行した罪で逮捕すると……。それから、ただちに私と同行しないようなら、遺憾ながらこの手錠をかけることになるとね」

クラークは身じろぎひとつしなかった。言葉も発しない。ただ、ダロマン嬢が一緒についてこようと、腕をとってきたのを押しやった。そして、帽子もオーバーも身につけず、メグレのあとについてきた。野次馬を引きつれて、一階の支配人室の前を通った時、支配人が両手をあげて絶望の仕草をしているのが見えた。

タクシーを捕まえると、メグレは運転手に告げた。

「裁判所まで」

日はすっかり暮れていた。ふたりは廊下を巡り、階段をいくつものぼって、ボノー予審判事の部屋の前まで来た。メグレは肩を落として、いかにも反省している態度を取りつくろった。妻の前でもよくやる態度だ。これを見ると、妻は怒りだすのが常だった。

「判事殿、まことに申しわけありませんが、ここにいるこのクラーク氏を逮捕したことをご報告いたします」部屋に入ると、メグレは言った。

予審判事は何があったのかわからないので、メグレがクラークを殺人の容疑で逮捕したと思っているようだった。妻と夜勤のフロントマンを殺した犯人として、クラークを捕まえたのだと……。

「待ってくれ、待ってくれ。逮捕状もなしに、どうしてそんなことが……」

すると、クラークがまた何か話しだした。メグレにはあいかわらず、何を言っているのかさっぱりわからなかった。「ウィーウィー」とか「ウェルウェル」とか擬声語のようにしか聞こえない。

「何と言ったんだ?」メグレはつぶやいた。

だが、話についていけないのは予審判事も変わらない様子だった。かわいそうに眉をしかめ、額にしわを寄せて、クラークの言葉を理解しようとしている。英語の力がそこそこしかないのできちんと聞きとることができないのだ。結局、クラークに何か英語で言うと、判事は書記に命じて、英語のできる書記を呼びにやらせた。

その間もクラークがしゃべりつづけるので、

「何と言ったんだ?」とメグレは何度も口にした。

するとと、今度はクラークが腹を立て、拳を握ってメグレの真似をした。

「何と言ったんだ？　何と言ったんだ？」

そしてまた、くだくだと話を続けた。

ようやく英語のできる書記がやってきた。背が低く頭の禿げた男で、気が小さく、ちょっと声を荒らげただけで震えあがってしまいそうな様子をしていた。書記が通訳を始めた。

「クラークさんは、自分はアメリカ市民だが、フランスの警察官たちのやり方は許せないと言っています」

クラークが警察を見くだしているのは、声の調子からでも明らかだった。書記が言葉を続けた。

「警察官たちはしつこくあとをつけてきます。クラークさんが言うには、刑事がひとりいつも尾行についているとのことです」

「警視、本当かね？」予審判事が口をはさんだ。

「おそらく、そうだと思います」

「それから、また別の刑事がミス・エレン・ダロマンをつけていたと……」

「あり得ないことではありません」

「それに、ここにいる警視さんが自分が留守にしている間に、部屋に侵入してきて……」

「私は礼儀正しくノックをして、部屋にいらした女性に、このうえなく礼儀正しく『クラークさんにお会いできませんか？』と尋ねただけです。ところが、そのあと、ダンスパーティーの会場でビールを飲んでいたら、ここにいらっしゃるムッシューが私の顎にパンチを食らわせたのです」

予審判事は頭を抱えていた。無理もない。事件自体は簡単に片づいたし、ここまで新聞にも事件のことを嗅ぎつけられずにきている。これで万事うまくゆくと思っていたのだろう。それなのに、ダンスパーティーの会場で騒ぎがあったのをきっかけに、新聞が事件のことを知ったら、裁判所にも司法警察にも記者たちが押しよせてくるはずだからだ。

「警視。まったく、私には理解できんよ。きみのように二十五年も経験のある警察官が……」

予審判事が言いかけた。だが、メグレは話を聞いていなかった。ポケットから水色の紙を出すと、わざと人目につくように、もてあそんでみせていたからだ。ミミの手紙だ。予審判事はメグレの様子に気づいて、また怒りがこみあげてきたらしい。声を張りあげて言った。

「確かにクラークさんも度を越したかもしれん。しかし、きみだって、もう少し状況をわきまえた行動をしてもよかったはずだ。二十五年も警察にいるんだから、そのくらいは言われなくてもできるだろう」

その時、クラークが手紙に興味を示した。喜びを隠すため、メグレは下を向いた。手紙をひらひらさせていたら、クラークがまるで催眠術にかかったように立ちあがり、こちらにやってきたのだ。

「プリーズ」

おそらく見せてくれと言っているのだろう。メグレは驚いたふりをして、手紙をクラークに渡した。予審判事は当然のことながら、メグレの意図がわからず、狐につままれたような顔をしている。

クラークは手紙を手に通訳をしている書記のところに行くと、何か口にした。

「何と言ったんだ？」メグレは訊いた。

「これは妻の筆跡だと言っています」書記が答えた。「そして、どうしてあなたがこの手紙を持っているのかと尋ねています」

「いったい、何の話だ？」険しい声で、判事が質問した。

「失礼しました、予審判事。あれは事件に関して、人から預かった手紙です。報告書に添付して、判事にお見せしようと思っていたのですが……。遺憾ながら、その前にクラークさんに持っていかれてしまいました」

そう言って、クラークを見ると、通訳の書記に何かまくしたてている。

「何と言ったんだ？」メグレの言葉が伝染したように、判事が言った。

「この手紙を訳してくれと要求しています。それから、もし妻の荷物を勝手に捜索してこの手紙を押収したのだとしたら、アメリカ大使館を通じて強く抗議してもらうと……」

「わかった。訳してやってくれ」判事が承諾した。

メグレは緊張した。パイプに葉を詰めると、窓のそばに行く。ガス灯の明かりが雨でにじんで見えた。

その間、かわいそうに通訳の書記は禿げた頭に汗を浮かべながら、ミミの手紙を一語一語訳していた。内容が内容だけに、はたしてこの先を訳してよいものだろうかと、怖れおののいているのだ。予審判事は書記のところに行って、肩越しに手紙を読もうとした。だが、クラークに押しのけられた。クラークはこれまで以上に決然とした態度をとっていた。

「プリーズ」

邪魔をするなと言っているのだろう。クラークは手紙から目を離さなかった。まるで一瞬でもよそ見をしたら、手紙を取りかえされ、焼かれてしまうとでもいうように……。あるいは、書記が言葉を抜かして訳してしまうのではないかというように……。その証拠に何度も手紙の同じ部分を指さしていた。きっと、『ここには何て書いてある、正確に訳せ！』と要求しているのだ。

判事が窓のそばにやったきた。メグレは無関心を装って、パイプをふかした。

「こうなるように、わざと最初から仕組んだのだろう？」判事がつぶやいた。

「クラークさんが私の顔を殴るところまで仕組めると思いますか？」

「いや、手紙の内容を知らせようとしたのはわざとだ。クラーク氏の様子を見ればわかる」

「痛いほどにね」

予審判事が怒っているのはまちがいなかった。だが、この男はたいした確信もないくせに、プロスペル・ドンジュを刑務所にぶちこんだのだ。きっと、今はシャルロットでもジジでも、あの界隈で暮らす人々を誰でもいいから、刑務所にぶちこみたい気分だろう。所詮、住む世界がちがうのだ。やれるものなら、やってみるがいい！

クラークと通訳の書記は立ったまま、テーブルにかがみこんでいた。電球を覆う緑のシェードがテーブルに丸い光を投げかけている。

クラークが身を起こして、唸り声をあげながら、テーブルを拳で強く叩いた。

「ダンド！」

くそったれと言ったのだろう。だが、そのあとの行動は予想外のものだった。テーブルを叩いた勢いで暴れだすのかと思ったら、すっかり動きをとめてしまったのだ。身じろぎひとつしない。誰かを見ることもしない。表情は固まり、視線は一点を見つめていた。手紙の内容に責任を感じて、書記がしきりにあやまっていたが、そちらのほうを向こうともしない。ただ、急にうしろをふりかえって、部屋の片隅に椅子があるのを見つけると、そこに行っておとなしく座ってしまった。その動作があまりに自然だったので、逆にどれほどダメージを食らったのか、ショックの強さがわかった。

クラークが精神的に追いつめられているのは一目瞭然だった。鼻の下に大粒の汗を浮かべていたからだ。

今のクラークはノックアウト寸前だった。致命的なパンチを受けたボクサーがコーナーに戻って、次のラウンドを戦う気力もないまま、椅子に座っている——そんなふうに見えた。

予審判事室は静まりかえっていた。隣の部屋からタイプライターのキーを叩く音が聞こえる。

クラークはあいかわらず動かなかった。両肘を膝について、両手で顎を支え、先の角ばった自分の靴を見つめながら、片隅の椅子でじっとしている。

それからどのくらい時間がたっただろう。クラークが呻くようにつぶやくのが聞こえた。

「ウェル！　ウェル！」

メグレは通訳の書記に小声で尋ねた。

「何と言ったんだ？」

「よし！　よし！　と……」

予審判事は平静を装って、書類を調べるふりをしている。メグレはパイプをふかした。煙はゆっくりと上にのぼっていき、電球のほうに流れていった。

「ウェル」

その声は遠くからした。だが、それまでよりはっきりしていた。何を考え、どんな結論に達したものか、クラークはついに何かを決意したのだ。いったい何をするつもりだろう？

と、クラークがポケットから金製の大きなシガレットケースを取りだし、煙草を抜きだした。そして、パチンと音をたててケースを閉めると、通訳をしていた書記に声をかけた。

「プリーズ」

たぶん、マッチはないかと尋ねているのだ。だが、書記は煙草を吸わないらしい。首を横に振った。それならばと、メグレは椅子に近寄って、マッチの箱を差しだした。クラークは箱を受け取り、顔をあげて、メグレをじっと見つめた。その視線には多くのものがこめられていた。

煙草に火をつけると、クラークは立ちあがった。足もとが少しふらついている。気力のほうもまだ回復していないにちがいない。だが、態度は落ち着いていた。顔つきも冷静なものになっている。予審判事に顔を向けると、クラークは質問を始めた。判事のほうはメグレを見て、自分の代わりに返事をするよう促した。

「クラークさんは、この手紙をもらってもいいかと尋ねています」書記が通訳した。

「その前に手紙の写真を撮らせてほしい」メグレは答えた。「時間はそれほどかからない。上の階の鑑識に持っていくだけだ」

その言葉を書記が通訳して伝えると、クラークは事情を理解したようで、もうひとりの書記に手紙を渡した。書記は手紙を持って、扉に向かった。その姿が消えないうちに、クラークはまた話しはじめた。あいかわらず何を言っているか、わからない。しかも、休みなく言葉を口にするので、書記が通訳をする間もない。メグレは、何度も口をはさみたくてたまらなくなった。「何と言ったんだ？」と……。

ようやく書記が、かいつまんで説明してくれた。

「クラークさんは、ともかく事務弁護士《ソリシター》に相談しなければならないと言っています。まさかこんな手紙が見つかるなんて、想像もしていなかったということで……。手紙のせいで、すべてが変わると言っています」

メグレはなぜだか感動した。この男はつい三日前までは人生を謳歌して、ダロマン嬢とお祭りに行き、木馬に乗っていた。つい一時間前には青い照明の下でタンゴを踊っていた。それが突然、大きなパンチを食らった。ダンスホールの会場で自分に浴びせたものより、もっと大きなパンチを……。それなのに、これほどのダメージを受けながら、この男はマットに沈まなかった。ダンスホールの会場で顎にパンチを食らっても、平然としていた自分と同じだ。テーブルを拳固で叩き、「くそったれ」とわめいて、しばらく沈黙の中に閉じこもり――それだけで、もう立ちあがろうとしているのだ。

「ウェル……ウェル！」

言葉が通じないのが残念だった。メグレはこの男とじっくりと話をしてみたかった。また、クラークが何か話した。

「何と言ったんだ？」

「犯人を見つけた警察官には千ドルの賞金を渡すと宣言しています。手紙の男――ドンジュという男が容疑者になっているのは知っているが、その男が犯人だとは思えないので、私は犯人が別にいる可能性に賭けると……」

書記が通訳している間、クラークはメグレを見つめていた。その様子は、

〈どうだ？　私はなかなかのギャンブラーだろう〉と言っているように思えた。

　メグレは深々とお辞儀をした。それから、書記に言った。

「通訳してくれ。もし私たち司法警察がその賞金を手にしたら、警察の孤児院に寄付するつもりだと……」

　書記の言葉を聞くと、今度はクラークが深々とお辞儀をした。不思議だった。ふたりは今や〈礼儀正しさ〉を競いあっていた。

「ウェル……」

　そう言うと、クラークはこれまでとは打って変わって、実務家の口調で話しはじめた。書記が通訳した。

「クラークさんは、事務弁護士に相談したうえで、プロスペル・ドンジュと話し合いの場を持つ必要があると言っています。その場合、検事局の許可がもらえるかと……」

　今度は予審判事がおおげさにお辞儀をしてみせた。このままでは本当に〈礼儀正しさ〉の合戦が始まりそうだった。メグレは頭の中で、三人が「光栄の至りです」「感謝に堪えません」「ご恩は一生、忘れません」と、お世辞を言いあっているところを想像した。

　話の最後に、クラークはメグレのほうに何度か目をやりながら質問した。書記がフランス語にした。

「クラークさんは、ダンスパーティーの会場で警視さんにパンチを食らわせた件がどうなるのか、どんな結果がもたらされるのか、教えてほしいと言っています。フランスの警察がその行為をどう捉えるかがわからないので。アメリカでは……」

メグレはその言葉を途中でさえぎって言った。

「通訳してくれ。パンチの件というのはなんのことだか、さっぱりわからないと……」

その間、予審判事は心配そうな顔で扉を見つめていた。メグレとクラークの関係が改善し、クラークがパンチを浴びせた件も不問に付されることになったので、〈これはうまくいきすぎている〉と思ったにちがいない。また何か不穏な出来事が起きないうちに、書記が手紙を持ちかえってくれないかと考えているのだ。

沈黙が訪れた。みんなは待った。誰も口をきかない。クラークがメグレに向かって、マッチを擦る仕草をしてみせた。メグレはマッチの箱を渡した。クラークは煙草に火をつけて、煙を吐いた。

そのうちにようやく、水色の手紙とともに書記が戻ってきた。

「判事、撮影が終わりました。この手紙を……」

「渡してさしあげなさい。クラークさんに」

クラークは手紙を財布にしまうと、尻ポケットに入れた。それから帽子を探して、部屋の中を見まわしていたが、しばらくしてここには帽子をかぶってこなかったのを思い出したのだろう、にっこり笑うと、別れの挨拶をして出ていった。

扉が閉まると、今度は通訳をしていた書記がみんなにお辞儀をして出ていった。予審判事は机をぐるっと回って自分の席に戻ると、目の前の書類を手にとった。だが、特にその書類に目を通そうというわけではないようだった。

「警視、結局これがきみのやりたかったことなのか？」

「どう思われます？　判事」

「私が質問しているのだ」

「失礼しました。ご推察のとおりです。クラークさんはまもなくダロマン嬢と結婚するでしょう。父親は再婚し、母親は亡くなっている。そうしたら、あの子供はドンジュの息子になります」

「だが、ドンジュは事件の容疑者として、刑務所に留置されているんだぞ。息子がいるというのは……」

「負担になるでしょう、もちろん」ため息をつきながら、メグレは言った。「でも、あの子供はドンジュの息子なんです。だとしたら、これがいちばんよかったのでは？」

予審判事室を辞去する前に、メグレも帽子を探した。だが、《マジェスティック・ホテル》のクロークにオーバーとともに預けたままになっていることを思い出して、部屋を出た。帽子をかぶらず裁判所から出るのはおかしな気分だった。そこで、すぐさまタクシーを拾うと、リシャール＝ルノワール通りの自宅の住所を告げた。

顎にパンチを食らった痕は青あざになっていた。夕食のテーブルで、それをひと目、見るなり、マダム・メグレが言った。

「メグレさん、また喧嘩をしたの？　それで帽子をなくしたってわけね。いったい、どこでそんな目にあってきたのよ」

銀のリングからナプキンをはずすと、メグレは満足して微笑んだ。そうして、ダンスパーティーの会場で起きたことを話しはじめたのだ。

8　メグレ、居眠りをする

メグレは執務室に座って、朝のひとときを楽しんでいた。これはこれで悪くない。背後では古い石炭ストーブが炎の音をたてている。左側の窓は厚いカーテンのような朝霧に覆われている。目の前にはルイ・フィリップ様式の黒い大理石の暖炉がある。暖炉の上には同じくルイ・フィリップ様式の置き型の振り子時計があり、その針はもう二十年も前から正午で止まっている。壁には金と黒の額縁に入った写真が飾ってある。昔、警察署の〈事務官の会〉があった時に仲間たちと撮ったものだ。みんな元気いっぱいで、フロックコートに身を包み、全員が口ひげをたくわえて、先のとがった顎ひげをはやしていた。二十四歳の時のことだ。

机の上には大きさ順に四本のパイプが並べてある。その手前には昨日の夕刊が置いてあった。一面の見出しはこうだ。

〝アメリカの富豪夫人、《マジェスティック・ホテル》の地階で絞殺される!〟

まったく新聞ときたら! アメリカ人の女性は誰もが富豪夫人でなければならないらしい。メグレは呆れた。だが、その記事の隣に掲載された自分の写真を見た時には、苦笑せざるを得なかった。確かにそれは自分だった。オーバーを着て、山高帽をかぶってパイプをくわえ、何かの上にかがみこんでいる。しかし、その何かは写っていない。写真にはキャプションがついていた。

〝被害者を調べるメグレ警視〟

それはまちがいない。けれども、その写真は一年前に撮られたもので、その時はブローニュの森で射殺されたロシア人の遺体を検分していたのだ。

新聞を隅に寄せると、メグレはざら紙のファイルを取りだした。今回の事件で、当日の朝、ホテルの休憩室に泊まっていたゼビオことエウゼビオ・ファルデスと、ジャン・ラミュエルについて部下たちがあげてきた報告書だ。こちらのほうが重要だ。まずはゼビオに関するトランス刑事の報告書だ。

〈ゼビオに関する報告書

本名　エドガール・ファゴネ。リール生まれ、二十四歳。
芸名　エウゼビオ・ファルデス。《マジェスティック・ホテル》の踊り手。ホテルではゼビオと呼ばれている。
父親　アルベール・ジャン＝マリ・ファゴネ。ルクール・ガス製造工場の職工長。三年前に死去。
母親　ジャンヌ・アルベルティーヌ・オクタヴィ・オートボワ・ファゴネ。五十四歳。無職。
現住所　パリ、コランクール通り五十七番地。エドガール・ファゴネはここに母親と妹とともに住んでいる。

この報告書はさまざまな調査にもとづき、エドガール・ファゴネがリールで暮らしていた時代から、パリに来て現在の職につくまでの経歴をまとめたものである。
まず、調査対象とその方法について。これには対面や電話で多くの聞き込みを行った。調査対象は、現在エドガール・ファゴネの住む建物の管理人、近隣の住人、界隈の商店の人たち。ルクール・ガス製造工場があった地域を管轄するリールの警察署（電話による情報提供の依頼）。

またファゴネが入所していたムジェーヴにある《シュヴァレ結核療養所》にも電話で問い合わせをし、パリでファゴネが働いていたカピュシーヌ通りの映画館《インペリア》の支配人には直接、話を聞きにいった。

したがって、最終的な確認は必要なものの、以下に述べることは確実だと思われる。

電話での聞き込みによると、ファゴネ一家は工場とともにできた開発地域の二階だての家に住み、つつましい暮らしをしていたらしい。両親の望みは息子に然るべき教育を受けさせることで、小学校で学業を終える子供が多い中、十一歳の時に中学に入学させている。

しかし、入学後しばらくして結核になり、西フランスにあるオレロン島の療養所に入所する。一年後、ようやく健康が回復したように思われたので、学業に復帰する。しかし、虚弱な体質のせいで、学校は休みがちだった。

十七歳になった時、結核が再発し、ファゴネはスイスとの国境付近、ムジェーヴの山中にある《シュヴァレ結核療養所》に入所しなければならなくなり、結局そこで四年の時を過ごすことになる。

電話に出たシュヴァレ医師はファゴネのことをよく覚えていて、きれいな顔をしていたので、女性患者たちに人気があったと話してくれた。いくつか女性関係もあったらしい。ダンスをしはじめたのも、この療養所にいた時だという。この療養所は規則がゆるやかで、娯楽に飢えた入所者たちのために、時おりダンスパーティーが開かれるのだ。

その後、二十歳で行われる徴兵検査で兵役免除となる。

療養所を退所すると、ファゴネはリールに戻り、病気だった父親の最期を看取る。父親はいくばくかの貯金を残してくれていたが、それだけで一家を養うには不十分だった。しかも、十九歳になる妹のエミリは骨の病気で、歩くことができない。また、知的障害もあるので、母親がつきっきりで面倒を見る必要があった。

そういったことから、この時期、エドガール・ファゴネは安定した仕事を見つけるために、かなりの努力をしたらしい。だが、リールでもルーベでもその努力は報われなかった。学業を途中でやめたことが障害となったのだ。病気は治ったとはいえ、体質が虚弱なので肉体労働にもつけなかった。

そこでファゴネはパリに出て、数週間後には映画館《インペリア》で、空色の制服を着て客を席まで案内する座席係の職を得た。支配人の話によると、《インペリア》では二階席にかぎって、案内嬢の代わりに若い男性を雇っているということだった。そのうち何人かは貧しい学生だという。

ただし、これについては支配人がすべて本当のことを言っているかどうかはわからない。当事者である若い男性たちが話をしたがらないからだ。だが、いずれにせよ、何人かの若者たちが制服の魅力を発揮して、女性客たちと実りある関係を結んでいたことは確かである〉

メグレは笑みを浮かべた。トランス刑事が赤いペンで〝実りある〟という言葉に印をつけていたからだ。


〈こうしてファゴネは映画館に職を得て、同僚からゼビオと呼ばれるようになった。見た目が南米人のようだったからだ。仕事に就いて、ファゴネが最初にしたことはパリに母親と妹を呼びよせることだった。三人はコランクールの三部屋のアパルトマンで暮らすようになった。

一家が住むアパルトマンの管理人や近所の人の話によると、ファゴネは孝行息子で、界隈で開かれる朝市に時々、買い物に行く姿が見られたという。

《マジェスティック・ホテル》で金持ちのご婦人のダンスのお相手をする仕事を見つけた

のは一年前のことだ。ホテルがプロの踊り手を募集していると、映画館の同僚から聞いたらしい。ファゴネはみずから《マジェスティック・ホテル》に乗りこんで、数日間の使用期間をへたのち、正式に雇われた。芸名はエウゼビオ・ファルデスにすることが決まった。ホテルの支配人の話では、仕事ぶりその他に問題はないという。

ホテルの従業員によると、ファゴネは内気で、感じやすく、人見知りをするところがあるという。女の子みたいだと言う者もいる。口数も少ない。

おそらく体調を崩すのが心配なのだろう、体力を温存して、地階の休憩室のベッドによく寝にいくという。また、特別なダンスパーティーが開かれて、夜中までかかる時には休憩室に泊まることにしているらしい。

誰とでも親しくしているが、腹を割って話せる友だちはいないように思われる。

月収はチップを入れれば、二千フランから二千五百フランだろう。コランクールのアパルトマンで暮らしていくなら、その生活に見合う額だ。

これも健康状態からくるのだろう。酒も飲まないし、煙草も吸わない。麻薬にも手を出していない。

母親は北フランス生まれの小柄で頑健な女性で、管理人や近所の人によると、自分も働きに出たいが、娘の世話があるので、そうすることができないとこぼしていたという。

我々はファゴネがカンヌに滞在したことがあるかについても調査を行った。しかし、この点については確たる情報は得られなかった。映画館の同僚の話では、三、四年前、まだファゴネが《インペリア》で働いていた時、年輩の女性と一緒に南仏に行ったことがあるかもしれないということだった。ただし、不確かな情報なので、本当にそうだったかどうかはわからない〉

メグレは三番のパイプを手にとると、ゆっくりと葉を詰め、マッチで火をつけた。それからストーブに石炭を入れて、窓のところに行った。青白い冬の太陽にセーヌは輝きはじめていた。席に戻って、どっかりと腰を落ちつける。満足のため息をもらすと、メグレは次の報告書を読みはじめた。リュカが作成したジャン・ラミュエルについての報告書だ。

〈ジャン・ラミュエルに関する報告書
本名　ジャン・オスカル・アルドベール・ラミュエル。四十八歳。
現住所　パリ、十四区、ドランブル通り十四番地。家具付きアパルトマン。
ラミュエルはフランス人の父親とイタリア人の母親の間に、ニースで生まれた。父親は亡くなっている。母親は現在どうしているか突きとめることができなかったが、ずいぶん前にイタリアに帰ったらしい。父親は野菜の運搬業者をしていた。

その父親の紹介か、十八歳の時にパリの中央市場の仲買業者の店で働くようになる。しかし、これについては確かな裏づけが得られていない。その仲買業者が二年前に死んでいるからだ。

十九歳の時に志願兵となり、二十四歳で除隊。退役時の階級は主計曹長だった。そのあと取引所外株式仲買人になるが、すぐに退職。製糖会社の会計士補としてエジプトで働く。仕事は順調だったらしい。

だが、三年後、なぜかフランスに戻ってくると、パリのビジネス街でさまざまな職に就き、証券取引も始める。

五年ほどそんな生活を続けたあと、三十二歳の時、エクアドル共和国のグアヤキルに出発する。仏英合資の鉱山会社の会計士となって、複雑に絡みあった帳簿を整理しにいったのだ。

愛人のマリ・ドリジェアールと出会ったのはエクアドルだ。この女については情報が少ないのでよくわからないが、いろいろな状況から察するに、夜の仕事をしていたと思われる。

結局、エクアドルには六年いて、ラミュエルは女とともにフランスに戻ってきた。理由はわからないが、鉱山会社は辞めていた。鉱山会社はこの時期、すでに本社をロンドンに移転したため、会社を辞めた理由についてはフランスに記録が残っていない。

戻ってきてからは、しばらくの間、愛人とともにトゥーロンやマルセイユ、カシスなど南仏の町を渡りあるき、かなり豪勢な暮らしをしていたらしい。土地や不動産の闇取引にも手を出したようだが、これには失敗している。

マリ・ドリジェアールについては、ラミュエルは妻だと言って紹介しているが、実際には結婚していない。派手好きの下品な女で、目立つことしか考えていない。そのためなら、平気で人前で騒ぎを起こすようなこともしかねない女だ。

喧嘩は絶えなかったらしい。時にはラミュエルが家を出て、数日間、家をあけることもあったらしいが、結局は自分から詫びを入れて戻ったらしい。最後に勝つのは女のほうだ。

やがてふたりはパリに来て、ドランブル通りの家具付きアパルトマンで暮らすようになった。ちょっとした玄関に、寝室と台所、浴室のついた小さなアパルトマンで、家賃は八百フランだ。

パリでは会計係として、コーマルタン通りにあるアトゥム銀行に就職したが、この銀行は倒産してしまった（頭取のアトゥムは現在、サン＝ペール通りでトルコ絨毯の店をしている。店の名前は元行員の名前を使っている）。

ラミュエルは銀行が倒産する直前に退職し、《マジェスティック・ホテル》の募集に応じて、会計係として働くことになった。

それから三年になるが、経営陣はラミュエルの働きぶりに満足しているということだ。けれども、従業員たちのほうはあまり快く思っていないらしい。ラミュエルは厳格すぎるというのだ。

最後にもうひとつ。愛人と喧嘩をすると、ラミュエルは何日もホテルに泊まりこみ、休憩室のベッドで眠るらしい。そういった時には、愛人から何度も電話がかかってきたり、愛人が直接、地階に乗りこんでくることもあるという。

ラミュエルが明らかに怖がっているらしいので、従業員はそれを笑い話のタネにしているらしい。

ちなみにラミュエルは昨日、ドランブル通りのアパルトマンに戻っている〉

誰かが遠くで、扉を叩いている音がする。返事をしないでいると、扉がそっとあいて、静かに近づいてくる気配がした。

と、咳払いが聞こえた。その声で夢うつつの状態から、ようやく目が覚めた。チョッキのボタンをはずし、椅子にそっくりかえって、パイプをくわえたまま居眠りをしていたらしい。自分が眠っているのを見て、誰かが咳払いをして起こしたのだろう。

「どうした?」メグレはまだ目をつむったまま、尋ねた。

「警視にお目にかかりたいという人物が訪ねてきています」取次係の老人の声だ。「ここに名刺があります」

メグレはあいかわらず目をつむったまま、手を差しだした。取次係からしたら、まだ半分夢の中にいると思っただろう。だが、さすがに起きないわけにはいかない。メグレは身を起こし、名刺を机に置いた。だが、ふと思いついて受話器をはずした。

「お通ししてもよろしいですか?」取次係が尋ねた。

「待ってくれ。あとで連絡する」

取次係は出ていった。メグレは名刺にちらっと目を走らせた。

《リヨン銀行 O支店 副支店長 エティエンヌ・ジョリヴェ》

電話がつながった。

「もしもし、ボノー判事に電話して、クラーク氏の事務弁護士《ソリシター》の名前と連絡先を尋ねてくれないか? ソリシター……。そう発音するらしい……。それで、その弁護士の電話番号がわかったら、そこに電話をして、こちらに回してくれないか? 緊急だ」

メグレはもちろん知らなかったが、その間、廊下の端にある待合室では、《リヨン銀行》の副支店長であるジョリヴェ氏が、縁どりのある黒い上着に身を包み、縞のズボンを穿いて、鉄筋コンクリートのように型崩れしない帽子をかぶるという、めかしこんだ姿で肘掛椅子に座っていた。ここに案内されてから、かれこれ十五分になる。待合室というよりは応接室と言ったほうがいいような部屋だ。近くの肘掛椅子には仏頂面をした若い男と娼婦が腰をおろしている。娼婦はしゃがれた声で、必死に無実を訴えていた。

「だいたい、どうやったら、あいつが知らないうちに、財布を盗めるっていうのよ。あいつらはみんなおんなじなの。あの田舎者たちは！　パリで遊びすぎてお金を使いはたしたのに、ほんとのことを奥さんに言えないもんだから、盗まれたって言いわけするのよ。でも、風紀係の警視さんなら知ってるわ。あたしが、そんなことはしないって。その証拠に……」

その頃、メグレはようやく事務弁護士と電話がつながって、話しはじめたところだった。

「もしもし、ハーバート・デヴィッドソンさん？　初めまして。こちらはメグレ警視です……。そうです。昨日、クラークさんにお会いしました。立派な方ですね……。何ですって？　ちがいます！　ちがいます！　まったく記憶にありません……。それで、お電話したのはクラークさんに協力してもらいたいことがありまして……。え？　今、クラークさんはそちらにいらっしゃるんですか？

でしたら、訊いてくださいませんか？　ええ……。あ、もしもし。アメリカでは——特にクラークさんのような上流階級の家庭では、夫婦の私生活は分かれていると思いますが、それでも亡くなった奥様について……どうか切らないでください……。デヴィッドソンさん、待ってください。クラークさんに通訳するのは、私の質問を聞いてからにしてください。こちらの調べでは、クラーク夫人はここ数年の間に、パリからプロスペル・ドンジュの手紙を三通、受け取ったことがわかっています。それで質問ですが、クラークさんはパリから奥様に手紙が来ていたことを知っていたでしょうか？　そして、とりわけここが大切なのですが、もし知っていたなら、パリからの手紙は三通ではなく、もっとたくさんあったのではないかということです。クラークさんに訊いていただけますか？　はい……。お待ちします……。ありがとう」

電話の向こうでやりとりをする声が聞こえた。

「もしもし……。本当ですか？　何通も……。クラークさんはその手紙を開封していない？　手紙の内容も奥様に尋ねていない？　いえ、もちろんです。それがアメリカ流の…

……」

メグレは自分にひきつけて考えた。妻に手紙が来て、その内容を教えてくれなかったら、質問したくなるだろう。内容を訊かないというのは、それがアメリカ流のプライバシーというものなのか。

「つまり、手紙は何通も来ていたわけですね。三カ月に一回くらいの割合で？　いつも同じ筆跡で？　はい……。パリの消印で？　デヴィッドソンさん。ちょっと待ってください」

隣の刑事部屋から騒がしい声が聞こえていた。メグレは隣の部屋の扉をあけた。

「少し静かにしろ！」

それから、電話に戻った。すると、事務弁護士から驚くべきことを聞かされた。

「え？　奥様の口座を調べたら、手紙を受け取ったあと、かなりの額の小切手が振りだされている？　デヴィッドソンさん、このことを文書にして、予審判事に送ってもらえますか？　いえ……。まだ何も……。その点については申しわけありません……。どうして新聞に知られたのか、まったくわかりません。もちろん、私が情報を流したのではありません。それだけは言っておきます。今朝も新聞記者を四人とカメラマンをふたり、追い払ったところです。司法警察の廊下で待ち伏せしていたんでね。はい……。クラークさんによろしくお伝えください」

電話を切ると、メグレは顔をしかめた。先ほど刑事部屋の扉をあけた時、何か見てはいけないものを見たような気がしたのだ。メグレはもう一度、扉をあけた。案の定、カメラマンとともに記者がひとり、机に座っていた。

「今の電話を聞いていたな。もしひと言でも記事にしたら、もうおまえの新聞には情報を流さないぞ。わかったか?」

そう釘は刺したが、ひやひやものだ。鼻の下に汗が出てきた。自分の席に戻ると、メグレは待合室とつながっているベルを鳴らした。

「さっきの人を……ジョリヴェさんを通してくれ」

まもなく取次係の老人に案内されて、ジョリヴェ氏が入ってきた。

「こんにちは、警視さん。急にお邪魔して申しわけありません。でも、昨日の夕刊を見て、そうしたほうがいいと思ったんです」

「どうぞ、お座りください」

「最初に申しあげておきますと、私はここに自分の判断で来たわけではありません。副頭取の指示で来たのです。今朝、早く副頭取に電話をしたら、そうしろと言うものですから……。というのも、新聞によると、容疑者はプロスペル・ドンジュでしたね? 私はその名前をつい最近、目にしたのです。記名式小切手の受取人として……。O支店では、私が小切手の決済を担当しています。送られてきた記名式小切手の金額を口座に入金するだけの機械的な仕事です。私どもの銀行の口座ですから、詳しく調べる必要もありません。ですから、たいていの場合は、小切手の額と受取人を確かめて、認印をつければおしまいです。でも、その時はかなりの額だったので……」

「プロスペル・ドンジュはあなたの銀行の口座を持っていたんですか？」

「はい、五年前から。正確に言えば、もっと前からです。というのも、私どもの口座はカンヌ支店の口座を引き継いだものですから……」

「では、いくつか質問していいですか？ 質問すると、頭の中が整理できますので……。まず、プロスペル・ドンジュは《リヨン銀行》のカンヌ支店に口座を持っていたということですね？ その口座にはどのくらい預金がありましたか？」

「ある程度の額があったと思います。カンヌ支店にはドンジュさんのように、ホテルにお勤めの方が口座を持っていらっしゃいますが、皆さん、それほど給料をもらっているわけではありません。けれども、住み込みで賄いつきの契約で、遊びに金を使わなければ、給料のほとんどを貯金に回せます。ドンジュさんはそうしていたようで、月に千フランから千五百フラン、銀行に預けていたようです。

それに加えて、私どもの銀行を通じて買っていた債券が満期を迎えたせいで、二万フランが償還されました。それを合わせると、パリの支店に口座を移した時には、五万五千フランの預金があったと思います」

「今でも毎月、貯金を続けていますか？」

「待ってください。口座の取引明細書を持ってきていますので……。これを見ると、いくつか重大なことがわかります。パリに来た最初の年、ドンジュさんはエトワール広場の近くのブレ通りに住んでいました。その年は合計で一万二千フラン、預金を増やしています。二年目は引き出しが多くなり、預け入れはなくなっています。また住所もサン＝クルーに変わっています。ドンジュさんが振りだした小切手を見れば、預金を引き出した理由は明らかです。小切手は不動産業者、建築業者、塗装業者宛に振りだされています。ドンジュさんはサン＝クルーに家を建てたのです。ということで、この明細書を見ればわかるとおり、二年目の最後には八百三十三フランしか口座に残っていませんでした。ところが、その数カ月後――つまり、今から三年前のことですが……」

「三年前ですか？」

「はい。あとで正確な日付をお知らせします。三年前、ドンジュさんは住所が変わったので変更手続きをしてほしいと手紙で知らせてきました。新しい住所はレオミュール通り百十七番地三号だということでした」

「手紙で知らせてきたんですね？　ドンジュに会ったことはありますか？」

「たぶん、顔を見たことはあると思います。でも、覚えていません。窓口にいるわけではないので……。副支店長室にいるので、行員とお客様がやりとりしているところは、扉の覗き窓のようなものを通じて見るしかないのです」

「では、誰かドンジュのことを覚えている行員は？」

「私も誰かそういった者がいるかと思って、今朝、何人かの行員たちに同じ質問をしました。すると、ドンジュさんを覚えている者がひとりいました。その行員は自分も郊外に家を建てるつもりだったので、ドンジュさんに興味があったのでしょう。サン＝クルーに家を建てたばかりなのに、住所変更の知らせが来たので、おかしいと思ったということです」

「えーと……ジョリヴェさん。今、電話をかけて、その行員と話をすることはできますか？」

副支店長が銀行に電話をかける間、メグレは眠気を覚まそうと伸びをした。だが、目がまだしょぼしょぼしていたので、まばたきをした。副支店長が受話器を差しだした。

「もしもし、司法警察のメグレと言います。住所変更は手紙で知らせてきたんですね？

レオミュール通り百十七番地三号……。おそれいりますが、こちらにご足労願えますか？」

電話を切ると、メグレは刑事部屋の扉をあけた。

「リュカ。今すぐタクシーで、レオミュール通り百十七番地三号に行ってくれ。そこでプロスペル・ドンジュについての聞き込みをするんだ。詳しいことはあとで話す」

それから、副支店長のところに戻った。

「ドンジュの最近の銀行取引はどうなっています」

「実は今日ここに来たのは、そのことをお知らせしたいと思ったからなのです。最初に申しあげたとおり、昨日、新聞で事件を知って、私は驚きました。プロスペル・ドンジュを受取人にした高額の小切手が振りだされたのを見たことがあったからです。そこで、あらためて口座を調べてみて、その額に驚きました。小切手はすべてアメリカから振りだされたもので……」

「ということは、小切手はひとつではなく……」

「何通もありました。アメリカのデトロイト銀行が発行したもので、受取人はプロスペル・ドンジュ。最初のものは、日付が三年前の三月で、額は五百ドルでした。フランに換算すると……」

「その必要はありません」

「私どもは小切手を決済して、ドンジュさんの口座に入金しました。すると、その三カ月後に、ドンジュさんからまた小切手が封書で送られてきて、この小切手も決済して口座に入れてほしいという依頼がありました。そのあとは……」

メグレはびっくりした。副支店長を部屋に迎える前、自分はクラークの事務弁護士に電話をして、手紙や小切手のことを訊きだしている。これは偶然だろうか？　だが、よく言うではないか。偶然だけが事件を解決に導くと……。メグレは考えに没頭した。すると、こちらがぼんやりして話を聞いていないのではないかと思ったのだろう。副支店長が不安げな顔をした。メグレはあわてて声をかけた。

「いえ、聞いています。聞いています……えーと、ジョリヴェさんでしたね」机の上に目を走らせながら言う。

さっきから名前を呼ぶ時には、名刺を確かめなければならなかった。

「というより、何をおっしゃろうとしていたかもわかっています。ドンジュは三カ月ごとに、デトロイト銀行で発行した小切手を受け取っていた——そう言おうとなさっていたんですね」

「そのとおりです。でも……」

「小切手の合計はどのくらいになりますか？」

「三十万フランです」

「ドンジュはその金を口座から引き出していないんですね？」

「はい……。それにまた、ここ八カ月ほどは小切手も送ってきていません」

それはそうだろう。調べによると、その間、クラーク夫人は息子とともにまた太平洋の船旅をしていたらしい。小切手を送れるはずはない。

「その間、ドンジュは毎月の預金をしていたんですか？」

「いえ、していないと思います。ここ三年の取引明細書には、小切手を決済して口座に入金した記録しかありません。それよりも、重大なことがあります。一昨日の朝、ドンジュさんから封書が届いて――いえ、届いたのは私にではなく、外国為替課の課長になのですが、その封書にはいつもとちがってデトロイト銀行の小切手は同封されておらず、代わりに持参人払いの小切手を発行し、ブリュッセルの銀行で現金を受け取れるようにしてほしいという手紙が入っていました。もっとも、これ自体は別におかしな取引ではありません。外国を旅行する人は、あらかじめ銀行で小切手帳を作成し、旅先の銀行で現金に替える方法をとります。そのほうが信用状を発行してもらうより簡単だし、現金で多額の金を持ちあるかなくてもすむからです」

「その小切手の総額は？」

「二十八万フランです。ドンジュさんの預金のほとんどです。あとには二万フランほどしか残っていません」

「ということは、もうその小切手は作成してしまったのですか？」

「はい、作成して、ドンジュさんから言われた住所に送りました」

「その住所とは？」

「レオミュール通り百十七番地三号です。宛名はプロスペル・ドンジュ様で……」

「手紙を出したのは、一昨日ですか？」

「はい、小切手を作成して、すぐに投函しました。でも、それだとドンジュさんは小切手を受け取れませんね」そう言うと、副支店長は机の上の新聞を指さした。「ええ、受け取れません。小切手が届いた時には、ドンジュさんは逮捕されていたんですから……」

メグレは急いで電話帳をめくって、レオミュール通り百十七番地三号の電話番号を探した。その住所にはいくつもの電話番号が登録されていたが、その中に管理人室の番号を見つけると、リュカという警察官が聞き込みに来ていないかと尋ねた。すると、数分前に管理人室を訪ねてきたという返事が戻ってきた。

リュカに替わってもらうと、メグレは簡潔な指示を出した。

「手紙を探してくれ。そうだ。ドンジュに宛てた手紙だ。封筒には《リヨン銀行O支店》と名前が入っているはずだ。緊急だ。見つかったら、電話をくれ」

「どうやら、私がここに来たことで、お役に立てたのでしょうか？　どうでしょう？　警視さん」副支店長がもったいぶった口調で言った。

「もちろんです。もちろんですとも！」

だが、そう答えながらも、メグレはもう副支店長のほうは見ていなかった。副支店長にかまっている暇はなかった。自分がどこにいるかもわからない。身体はこの場にいても、心ははるか遠くにいた。メグレはストーブの火をかきたて、机や暖炉の上にある物の位置を変えると、部屋の中を行ったりきたりした。

「メグレ警視、《リヨン銀行》の方がお見えです」取次係が告げた。

「通してくれ」

その時、電話のベルが鳴った。《リヨン銀行》の行員は戸口に立ちつくしていた。どうして急に司法警察に呼びだされたのかわからず、不安そうな様子で副支店長のほうをちらちら見ている。

「リュカか？」

「ボス。今、私が来ている建物は住居用のものではありません。事務所しか入っていないんです。大半はひと部屋です。中には、パリに住所があると営業がしやすいという理由で、地方の会社がここを借りているケースもあるようです。そういった会社は郵便物を転送させるだけで、社員が足を踏みいれることはありません。タイピストをひとり置いただけで、電話の受け答えをさせている会社もあります……。もしもし」

「続けてくれ」

「ドンジュは三年前に二ヵ月だけ、ここに事務所を借りています。家賃はひと月、六百フランだったそうです。ここに来たのは二回か三回だということです。ただし、二ヵ月後には賃貸契約を解消し、この建物の管理人に月に百フラン払って、手紙を転送してくれと頼んでいたようです」

「転送先は？」

「オスマン通り百四十二番地、ジェム郵便物預かり所です」

「宛名は？」

「J・M・Dです。転送用の封筒はあらかじめ住所と宛名をタイプして、ここの管理人に預けていたようです。ここに来た手紙はその封筒に入れて、転送することになっていたみたいで……。一応、その封筒に書かれた宛名と住所を読みますね。ちょっと待ってください。この部屋は暗いな……。明かりをつけてくれないか？　ありがとう……。はい、これで読めます。J・M・D、ジェム郵便物預かり所、オスマン通り百四十二番地。それだけです。郵便物預かり所はイニシャルだけでも郵便物を預かってくれるんです。ボスが言っていた《リヨン銀行》からの手紙はそこに転送したとのことです」

「わかった。タクシーは待たせてあるのか？　帰してしまった？　馬鹿もん！　すぐにタクシーを拾え！　今、何時だ？　十一時か……。行く先はオスマン通りだ。管理人は昨日の朝、受け取った手紙をもう転送してしまったのだろう？　ならば、急げ！」

電話を切ると、メグレは目の前に見かけない男たちがふたりいることに気づいて、びっくりした。ふたりはどうしていいかわからない様子で、居心地悪そうにしている。メグレはもう少しで、「そこで何をしている？」とふたりに尋ねそうになった。

だが、すぐに状況を思い出して、新しく来た行員に話しかけた。

「銀行ではどんな仕事を？」

「当座預金の係です」

「プロスペル・ドンジュのことは知っているね？」

「はい。といっても、何回か顔を合わせただけですが……。ちょうどその頃、ドンジュさんが郊外に家を建てていまして、ぼくも郊外に家を買おうとしていたので……。ぼくのほうは分譲住宅ですが……」

「なるほど。どうぞ、先を続けて」

「ドンジュさんは少額の現金を引きだすために、時々、窓口にやってきました。建築の仕事をする業者の中には銀行口座を持たず、小切手での受け取りを拒否する者がいるので、現金で支払う必要があるんです。ドンジュさんは、うんざりだとこぼしていました。《マジェスティック・ホテル》では朝の六時から夕方の六時までの勤務なので、その時間だと銀行はまだ開いていなかったり、もう閉まっていたりで、お金を引き出すことができないというのです。これについてはふたりで相談したので、よく覚えています。ぼくはドンジュさんに言いました。いえ、これは何人かのお客様にはそうしているので、副支店長も認めてくださるでしょうが、お金の引き出しが必要な時には電話をしてくれれば、現金と領収書を送るので、領収書にサインして送り返してくれればいいと……。そんなかたちで、二回か三回、《マジェスティック・ホテル》に現金を送ったことがあります」

「家を建てたあとは？　何回か会ったのか？」

「いいえ。そのあと二年ほど、エトルタの支店で当座預金課の班長をしていましたので……。ドンジュさんが所用でO支店に来たとしても、会うことはできませんでした」

メグレは机の引き出しからドンジュの写真を取りだした。何も言わずに机に置く。

「ドンジュさんです！」行員が叫んだ。「わかります。顔に特徴がありますから。本人が話してくれたんですが、小さい時に疱瘡にかかったらしくて……。でも、世話になっていた農園の人たちは医者に診せてくれなかったそうです」

「まちがいなくドンジュか?」

「では、筆跡はどうか?」

「筆跡なら、私にもわかりますよ」むっとした声で、副支店長が言った。メグレが部下とばかり話すので、不満だったらしい。

メグレは何人かちがう人間が書いた紙を交ぜてふたりに見せた。ふたりはあれこれ言いながら、紙を選りはじめた。

「これはちがう」「全然、似てない」「これはそうだ」「この7はドンジュさんの字ですね。7の書き方に特徴がありますからね」「fもそうだ。まちがいない、これはドンジュさんのfだ」

ふたりが選んだものは、確かにドンジュの筆跡だった。《コーヒー》《コーヒーセット》《紅茶》《ココア》《トースト》など、ドンジュが注文を殴り書きしたものだったからだ。つまり、銀行宛にドンジュが送った手紙はドンジュが書いたものだということになる。だが、本当にそうなのか?

電話はまだ鳴らない。昼の鐘が鳴った。

「それではどうぞ、お引き取りください。おふたりとも、どうもありがとう」メグレは礼を言った。

リュカは郵便物預かり所で、小切手の入った手紙を無事に回収できただろうか？　まさか、オスマン通りに行くのにタクシー代をケチって、バスに乗ったとか？　それもあるかもしれない。メグレはため息をついた。

9　シャルル氏の日課

司法警察の玄関口《ポーチ》で、シャルロットとジジは立ちつくしていた。工場の入口で開門を待つ従業員たちのように……。だが、従業員たちとちがって、その姿は哀れで滑稽だった。門番をしている制服の警官に止められて、中に入れてもらえないのだ。これがふたり別々だったら、まだ通してもらえたかもしれない。だが、ふたり一緒だと目立ちすぎた。

ジジは高級そうだが、古いウサギの毛皮のコートを着て、その下から痩せた脚をのぞかせていた。うさんくさそうな目つきで門番の警官を眺め、ポーチの奥から人が歩いてくる音がするたびに、中を覗きこんでいる。

シャルロットは泣きはらしたせいか、目が赤かった。鼻も赤く、顔の真ん中に小さな玉をつけているようだった。かわいそうに、きちんと身支度をする気も起こらなかったのだろう、髪はぼさぼさで、化粧もしていなかった。ただ、襟と裾にアストラカンの毛皮がついた黒の立派なコートを着て、光沢のある仔牛の革のハンドバッグを手にしていたので、それだけ見ればどこかの奥様だと言っても通ったかもしれない。もちろん、一緒にいるのが小鬼のようなジジではなく、これほど鼻が赤くなければの話だが……。シャルロットは今も時々、鼻をすすりあげていた。

「来たわ」

ジジが声をあげて、落ち着かない様子で行ったり来たりしはじめた。シャルロットはその場を動かなかった。

同僚と一緒にポーチに向かう途中で、メグレはシャルロットとジジに気づいた。会うのは避けたかったが、もう遅かった。セーヌの河岸には太陽が降りそそいでいて、春の気配が感じられた。

「お願いです。警視さん」シャルロットが近づいてきて言った。

メグレは握手をして同僚と別れた。

「うまい飯を食ってきてくれ」

「警視さん、お話しできますか?」シャルロットがまた言った。

だが、それと同時に泣きじゃくりはじめた。声を出さないようにするためか、丸めたハンカチを口の中に押しこんでいる。通行人たちがふりかえって、こちらを見た。メグレは辛抱づよく待った。ジジが言い訳するように説明した。

「シャルロットは予審判事に呼ばれて、今、検事局で事情聴取をされてきたのよ」

「いやはや。ボノー判事が……」メグレはひとりごちた。「もちろん予審判事なのだから、関係者に事情聴取をすることはできる。だが、それにしても……」

「警視さん、プロスペルが……。プロスペルが自白をしたって、本当ですか？」シャルロットが鼻をすすりながら尋ねた。

メグレは呆れた。これはもう笑うしかなかった。容疑者が自白をしたと嘘をついて、共犯者や関係者から事実を訊きだそうとするのは、新米の警察官がすることだ。予審判事はそんなことしか思いつけなかったのか？　シャルロットもシャルロットだ。こんな子供だましの手に揺さぶられるなんて……。

「嘘ですよね？　警視さん。あたしには信じられません。あの予審判事ときたら……。あたしのことを人間のクズのように言うんです」

メグレはふたりの女に詰め寄られていた。片方は泣きべそをかいていて、片方は軽蔑をあらわにしている。門番の警官が皮肉な視線をこちらに向けた。通りすがりの人たちも興味深げに眺めている。

「あたしがプロスペルを告発する手紙を書いたんだろうって……」シャルロットが続けた。

「あたしはあの人が殺しただなんて、まったく思っていないのに……。ええ、銃で撃ったっていうんなら、まだわかります。でも、首を絞めるようなことは絶対にありません。まして や、犯行を見られたという理由で、次の日になんの罪もない人を殺すなんて……。警視さん。警視さんは何か新しいことをつかんでませんか？　プロスペルはこのまま刑務所にいなくちゃいけないんでしょうか？」

その時、ちょうど目の前にタクシーが通りかかったので、メグレは手をあげた。

「ふたりとも乗ってくれ。ちょっと用事があるんだ。つきあってくれ」

用事があるのは本当だった。リュカから電話があったのだ。ジェム郵便物預かり所で情報を引き出すことができなかったので、オスマン通りまで来てほしいという。そこにシャルロットを連れていけば……。

シャルロットとジジは遠慮して、折りたたみ式の補助椅子に座ると言いはった。だが、メグレはふたりをシートに座らせると、補助椅子を広げて、運転手に背を向けて腰をおろした。窓の外をパリの街路が通りすぎていく。春はもうそこまで来ていた。道行く人も足どりが軽やかに見えた。

「シャルロット。教えてくれ。ドンジュは銀行預金を続けていたのか？」

そう言いながら、メグレはジジをどなりつけそうになった。質問に罠がひそんでいるのではないかと警戒して、ジジがシャルロットに注意を促したからだ。

「シャルロット、気をつけて。答える前に、よく考えるのよ」

だが、シャルロットは憤懣《ふんまん》やる方ないといった口調で答えた。

「預金ですって？　もう長いこと、してません。あの家を背負ってから――ほんと背負ってるって感じです――預金なんてまったく……。見積もり書によると、家を建てるのに必要な費用は高くても四万フランだったんです。それなのに、まず基礎工事が最初の三倍になって……。地面を掘ったら、地下水にぶつかったって言うんです。それから、冬の初めにストライキがあったせいで、壁の工事代があがりました。そんなふうにして、あっちで五千フラン、こっちで三千フランと出費が増えて……。もう泥棒にあったみたいなもんです。できあがった時に全部でいくらになったか知ったら、警視さんだって驚きますよ。正確な数字は覚えてませんが、八万フランは超えていたと思います。まだ支払っていない分もあるんですよ」

「じゃあ、銀行に預金は残っていないということか？」

「いえ、口座そのものがなくなっています。えーと……。待ってください……。そうだ、三年くらい前からです。思い出しました。というのも、ある日、郵便で八百フランの為替が届いたんです。どうしてそんなものが来たのかわからなかったので、プロスペルが帰ってきた時に、あたしは訊きました。そしたら、銀行に手紙を書いて、口座を解約したからだと説明してくれたんです」

「三年くらい前というと、もう少し正確には？」

「どうして、そんなことを訊くのよ」あいかわらず警戒したような顔で、ジジが口をはさんだ。

だが、シャルロットは素直に答えた。

「冬だったことは確かです。だって、郵便配達の人が来た時、井戸のところにできた氷を割っていたから……。待って！　あの日はサン＝クルーの市場に行って……ガチョウを買ってきたところだった。そうよ。だから、クリスマスの何日か前です」

「どこに連れていくつもりよ」窓の外を見ながら、ジジが尋ねた。

その時、タクシーがオスマン通りで止まった。フォーブール・サン＝トノレにぶつかる、少し前のところだ。リュカは歩道で待っていた。あとから女性がふたり降りてきたので、びっくりした顔をしている。

「ちょっと待っていてくれ」

シャルロットとジジに言うと、メグレはリュカを少し離れたところにひっぱっていった。

「で？」

「そこの鞄屋と美容院の間に小さな店が見えるでしょう。あれがジェム郵便物預かり所です。店主は感じの悪い爺さんで、ひとつも情報を引き出せませんでした。昼飯の時間なので、店を閉めて、出かけたいと言っています。令状がなければ、とどめることはできないはずだとうそぶいて……。まだ店にいます」

メグレは薄暗い店に入った。中は黒っぽい木のカウンターで、ふたつに仕切られていた。壁にはやはり黒っぽい棚が取りつけられていて、郵便物で埋まっていた。

「何の用だね？」

「よかったら、質問したいと思ってね」メグレは低い声で言った。「あんたは宛名がイニシャルだけの手紙を預かっている。それは禁じられているはずだ。まあ、そのおかげで商売が繁盛しているんだろうが……」

「わしは認可証を持っている」

老人は言いかえした。分厚い眼鏡の奥に涙でしょぼしょぼした目が見える。上着は薄汚れていて、ワイシャツの襟も垢じみていた。身体からはすえたにおいがして、それが店のにおいになっていた。

「イニシャルと一緒に本名を記した帳簿があるだろう？」

老人は鼻で笑った。

「ここに来るお客が本名を言うと思うかね？　わしがいちいち身分証明書の提示を求めるとでも？」

メグレは不倫をしている美しい女たちが相手の男といかがわしい手紙のやりとりをするためにこの店に足を踏みいれているところを想像した。考えるだけで、吐き気がした。ほかにも、この店は闇取引の手紙を受け渡しするために使われているにちがいない。

「今朝、J・M・Dのイニシャルのある手紙を受け取ったろう？」

「かもしれん。だが、あんたのお仲間に言ったように、もうここにはない。お仲間はここにある手紙を全部ひっくりかえして確かめていたがな」

「つまり、その手紙は宛名の人間が引きとったんだな。いつだ？」

「知らんね。知っていたとしても、教えるつもりはない」

「やりようによっては、この店をつぶすこともできるんだが……」

「これまでにも、同じようなことを言ってきたやつは何人もいたがね。妻に来た手紙を見せろと、どなりこんできた夫は数えきれんほどだ。中にはステッキを振りあげて、脅してきた者もいる。だが、結局、わしはもう四十二年も商売を続けている」

まったく感じの悪い爺さんだ。リュカの言ったとおりだ。

「よかったら、店を閉めさせてくれんかね。昼食にいきたいんだ」

どこで食事をするのだろう？　メグレはふと思った。家に帰って、妻や子供と一緒にか？　それはたぶんないだろう。この男に妻子はいない。きっとこのあたりに行きつけのレストランがあるのだろう。リングにこの男のナプキンを通して待っているレストランが……。

「この男を見たことがあるか？」

メグレは何気ないふりを装って、ドンジュの写真を差しだした。老人は好奇心に負けたのだろう、身体を前に乗りだし、写真から二十センチくらいのところまで顔を近づけた。だが、その表情に変化は現れなかった。老人は肩をすくめて、残念そうに言った。

「いや、見たことはない」

シャルロットとジジは戸口の外に待たせてあった。メグレはシャルロットを店の中に呼びよせた。

「この女性に会ったことはないか？」老人に向かって尋ねる。

老人は黙っていた。いっぽう、シャルロットのほうはまわりを見まわして、驚きと同時に困惑の表情を浮かべていた。初めてこの店に入ったら、誰もがするような顔だ。こんな表情を意図して作ってみせたのだとしたら、かなりの演技力だ。

「どうして、あたしがこのお店に……」

そう小さな声で言うと、シャルロットは助けを求めるようにジジを見た。すぐにジジが店に入ってきた。

「おい、この小さな店に何人入れるつもりだ？」老人が言った。

「この女たちに会ったことはないか？　どちらかひとりにでも？　せめて、J・M・D宛の手紙を取りにきたのが、男だったのか女だったのか、それだけでも教えてくれないか？」

老人は何も答えず、木製の鎧戸をつかむと、入口の扉にはめた。そうなったら、もう退散するしかない。表に出ると、メグレとふたりの女はマロニエの街路樹の下で待っていたリュカに合流した。マロニエはもう蕾をつけていた。

「もう帰っていいぞ」メグレはシャルロットとジジに声をかけた。

ふたりは遠ざかっていった。十メートルも行かないうちに、ジジが何か一方的にシャルロットに話しかけている。歩き方が速いので、太ったシャルロットはついていくのがやっとのように見えた。

「何かわかりましたか？」リュカが尋ねた。

何と答えればいいのだろう？　まだはっきりしたことはわからない。結果も見通すことができない。春はすぐそこなのに、陽気な気分にはなれなかった。逆にいらいらした。

「どうかな？　いずれにしろ昼飯にいってこい。その前にフランスとベルギーの銀行に連絡して、二十八万フランの小切手が持ちこまれても、換金しないように言ってくれ。それから、午後は部屋にいてくれ。何か頼みたいことがあった時のために……」

オスマン通りのこの場所からだと、《マジェスティック・ホテル》は歩いて十五分くらいだ。メグレはポンチュー通りまで行き、ホテルの従業員通用口の隣にあるビストロに入った。ここなら簡単なものが食べられる。メグレは缶詰のカスレ（さまざまな肉を煮こんだ白インゲンのシチュー。缶詰としても出回っている）を注文した。近くのテーブルではふたり連れの客が、馬券の話をしながら昼食をかきこんでいる。これから競馬場に行くのだろう。ぼんやりとそれを聞きながら、あいかわらず沈んだ気分で、メグレはひとり、奥の小さなテーブル席でカスレを食べた。

銀行に知らせる手配をしたとはいえ、小切手の行方はわからない。あとはいったい何をすれば？　食事を終えると、メグレはコーヒーを飲み、煙草の葉をパイプに詰めて、ビストロを出た。しばらく歩道にたたずんで、まわりをぼんやり眺める。その様子を見ていた事件の関係者がいたら、ずいぶんのんびりしているものだと思っただろう。

実際、メグレはこれから何をすべきか、はっきりした計画を持っていなかった。そこで、とりあえずホテルの中に入ることにして、従業員通用口を抜けて、タイムレコーダーの前で立ちどまった。これではまるで、駅で列車が出発するのを待つ間、ボンボンの自動販売機の前で買おうかどうしようか迷っている旅行者のようだ。

何人かの従業員がうしろを通りすぎていった。たいていは首にスカーフを巻いた料理人たちだ。忙しい仕事の合間を縫って代わるがわる隣のビストロに行き、一杯ひっかけたあとに走って戻ってくるのだ。

メグレは地階の廊下を歩きはじめた。厨房から漂う料理のにおいとともに、温かい空気が顔に吹きつけてくる。

更衣室には誰もいなかった。メグレは洗面所で手を洗った。汚れていたからではない。時間をつぶすためだ。十分ほどかけて丁寧に爪の間をきれいにすると、部屋が暑かったので、オーバーを脱いで八十九番のロッカーに掛けた。

厨房の近くまで行くと、会計係のラミュエルがガラスで仕切られた自分の部屋で、どっかり椅子に座って仕事をしていた。その向かいのカフェトリでは三人の女たちが忙しく働いている。傍らでは白い上着を着た見知らぬ男が注文をさばいていた。

「誰かね？」メグレはラミュエルに尋ねた。

「臨時雇いですよ。ドンジュがいなくなったので、代わりに雇ったんです。シャルルさんです。警視さんは地階の見まわりですか？　すみません。今ちょっと、仕事が忙しいもので……」

確かに昼のかきいれ時だった。裕福な客は昼食を少し遅い時間に食べる。ラミュエルの前には給仕たちの列ができ、次々に伝票が集まっていた。その間にもひっきりなしに電話がかかってくる。配膳リフトも忙しく上下している。

メグレは帽子はかぶったまま、地階の廊下を行ったり来たりした。両手をうしろに組んで、ある時は料理人の背後に立って、いかにも興味深げに料理人がソースをかきまぜるのを眺める。また、ある時はお供部屋のガラスに顔を近づけて中を覗きこむ。歩きながら、考えにふけることもあった。

しばらく地階で過ごしたあと、メグレはホテルの上階にも行ってみることにした。最初に来た時には従業員専用の階段を使ったが、今度は泊まり客用の階段をのぼることにした。気分はあいかわらずさえなかったが、ゆっくり最上階まであがっていき、またゆっくりと下に降りていく。途中で、息を切らしながら階段をのぼってくる支配人と出くわした。

「警視。きみがここにいると聞いて、探しにきたんだ。昼食はまだだろう。もしよかったら……」

「もうすませた。ありがとう」

「何か新しいことはわかったか？ ドンジュが逮捕されてからというもの、私はこれからどうなるかと気が気ではないよ。本当に何もいらないのか？ せめてブランデーとか？」

だが、メグレは表情を変えず、象のようにじっと階段の途中に立っていた。支配人はそんな相手と階段で向かいあっていることに気づまりを覚えたようだった。

「新聞が面白がって騒ぎたてないといいのだが……。わかるだろう？　ホテルにとっては……」

絶望的な状況だ。支配人は藁にもすがりたい気持ちだろう。だが、メグレにはその藁がなかった。ふたりはそのまま階段を降り、地階に着いた。

「ドンジュについては、数日前まで模範的な人物だと思っていた。その男が……。だが、そういうものだ。ホテルにはさまざまな種類の人間が集まってくるものだからね」

ふたりは廊下を歩いていった。メグレは仕切りから仕切りへと──前に自分がした喩えで言えば、水槽から水槽へと目を走らせていった。そして、最後に更衣室まで来た時、八十九番のロッカーの前で、支配人が言った。ふたりの死体が発見されたロッカーの前で……。

「コルブフについては──いや、話につきあってもらって悪いな。あの男が殺された点については、ひとつ疑問がある。なにしろ、大勢の人間が働いている近くで、大の男が絞殺されたんだからな。それなのに、誰も叫び声を聞いていないし、揉みあっている姿を見た者もいない。今のようにホテルがいちばん忙しい時間なら、まだわかるんだ。誰もが仕事に追われて、ほかのことは気にしている暇がないからね。だが、コルブフが殺されたのは午後四時半から五時の間だ。もしそうなら……」

「支配人、きみは食事をするつもりじゃなかったのか?」メグレは尋ねた。

「そうだが、別にかまわない。食事は手のあいた時にする習慣がついているんでね」

「じゃあ、食事をしてきてくれ。私は……。私のほうは……。ここで失礼するよ」

そう言って支配人のそばを離れると、メグレはまた地階の散歩を続けた。いくつもの部屋の扉をあけ、また閉める。パイプに火をつけ一服する。だが、ほとんどの場合、火は一服しただけで、そのまま消えてしまった。

地階の中でいちばん足をとめたのは、カフェトリの前だった。ガラス越しに中を覗きながら、メグレは中で働く人々の様子を観察し、ドンジュがどんなふうに仕事をしていたか、かなりイメージできるようになっていた。知らないうちに、独り言が洩れる。

「そう。ドンジュは今、このカフェトリにいる。毎朝、六時にここにやってくるのだ。そして……。そう、家を出る前にもシャルロットがいれたコーヒーを飲んできたが、ここでも毎朝コーヒーを沸かして、自分でいれた最初の一杯を飲む。そう、たぶん。だが、飲まないかもしれない」

こんなふうにすることに意味があるかどうかわからない。だが、メグレは想像を続けた。

「いずれにしろ、そのあとドンジュはコーヒーを一杯、夜勤のフロントマンのところに持っていく習慣があった。だが、あの日の朝はホテルに着いたのが十分遅かったので、コーヒーを持っていく時間も遅くなった。そこで、ジュスタン・コルブフが様子を見に、一度、地階に降りてきた。そう……。そして、ドンジュが来たのを見て、急いで上にあがっていった。いや、急いで上にあがったのは別の理由かもしれない。ふむ……」

目の前では新しく来たシャルルという男がコーヒーをいれている。コーヒーポットは朝食の時に使う銀のものではない。釉《うわぐすり》のかかった小さな陶器のポットだ。上に小さなドリッパーがついている。

「朝食の時間になると、コーヒーを用意するリズムは速くなる。そう……。それから、ドンジュは朝食をとる。朝食は盆にのせて運ばれてくる」

「警視さん、ちょっと右か左にどいてくれませんか？　余っているコーヒーカップの数を数えたいもので……」

ラミュエルだった。自分の部屋から左右を見わたして、地階の状況をすべて監視しているのだ。カフェトリのカップの数まで数えているとは……。

「すみません。どいてほしいなんて言って……」

「とんでもない！　とんでもない！」

時刻は三時になっていた。地階のリズムはゆったりとしたものになってきている。厨房のシェフのひとりが服を着替えて、ラミュエルの部屋の前を通りすぎた。

「ラミュエル、誰かがおれを探しにきたら、五時頃に戻ると伝えてくれないか？　税金を払いに行かなくちゃならないんだ」

しばらくすると、先ほどいれた陶器のコーヒーポットのほとんどが配膳リフトにのって戻ってきた。仕事が一段落したせいか、シャルルが部屋から出てきた。こちらには目もくれずに、従業員専用の出入口に通じる階段に向かって歩いていく。こちらのことは皿洗いの女たちから聞いているのだろう。

やがて、夕刊を片手に、シャルルが戻ってきた。三時を少し過ぎたところだ。女たちはシンクに張ったお湯に肘まで手を入れて、カップやソーサーを洗っている。

シャルルは自分の机の前に座って、これ以上くつろいだことはないといった様子で、新聞を広げた。眼鏡をかけ、煙草に火をつける。それから、のんびりと新聞を読みはじめた。

特に不思議な光景ではない。だが、メグレは目を丸くした。

「つまり、今は休憩時間だということかね？」向かいの小部屋で伝票の整理をしていたラミュエルに訊く。

「四時まではね。その頃にはダンスパーティーが始まるので、カフェトリは紅茶の用意をしなければなりません」

それからまた時間が過ぎた。メグレはあいかわらずカフェトリの前にいた。すると、突然、カフェトリの電話のベルが鳴って、シャルルが受話器をはずした。シャルルは二言、三言、何か話すと、残念そうに新聞を置き、部屋から出て歩いていった。

「どこに行ったのかね？」

「今、何時ですか？　三時半ですね。だったら、食料保管庫の連中がコーヒー豆と紅茶の茶葉を取りにきてくれと電話してきたんですよ」

「それは毎日のことなのか？」

「毎日です」

ラミュエルの視線を意識しながら、だが、落ち着いた態度で、メグレはカフェトリに入っていった。そこでしたことは、別に変わったことではない。ただ、机の引き出しをあけただけだ。机はどこにでもある白い木製のもので、引き出しの中身もありふれたものだ。小さなインク壺とペン軸、便箋。それにちびた鉛筆と郵便為替の用紙が数枚。買い物を頼んだシャルロットのメモもたくさんあった。

その時、コーヒー豆と茶葉を手にシャルルが戻ってきたので、メグレは引き出しを閉めた。メグレが机にかがみこんでいるのを見て、新聞を読んでいると誤解したのだろう。シャルルが言った。

「そいつは持っていっていいですよ。私は連載小説と告知欄しか見ないので……」

だが、メグレは別のことを考えていた。そうか、そういうことだったのか！

「毎日、この時間、プロスペル・ドンジュは休憩していたんだ。のんびり新聞を読むか、時には手紙を書いたりして……。洗い場では三人の女がカップやソーサーを洗っている。湯気で視界は曇っている。そこに食料保管庫から電話が来る。ドンジュは外に出ていき、その間に……」

メグレはあっというまにカフェトリを出ていた。もう象のように鈍重でもなければ、いかにも眠たげに瞼が垂れさがっているわけでもない。突然、急ぎの仕事を思い出したかのように、動作がきびきびしていた。誰にも挨拶せずに更衣室まで行くと、ロッカーからオーバーを取りだし、歩きながら袖を通す。そして、一本だけリュカに電話をしたあとで、数分後にはタクシーのシートに腰をおろしていた。

「検事局まで」運転手に告げる。

行く先は経済事件を担当している部署だ。今はまだ四時十五分前だ。きっと誰か残っているだろう。すべてが思いどおりに運んだら、夜になる前に片がつくかもしれない。

窓から外を見ていて、メグレは顔をうしろに向けた。タクシーがゼビオことエドガール・ファゴネとすれちがったからだ。ゼビオは《マジェスティック・ホテル》に向かっていた。

10　《ラ・クーポール》での晩餐会

六時少し前だった。骨董屋の並ぶサン＝ペール通りはもうほとんど人通りがなかった。夕暮れ時の紫の光がかすかに残る中、街灯の明かりにぼんやりと照らされている。

メグレはパリ警視庁の警察救急隊とともに行動していた。標的の人物に警察は本気だと思わせるため、作戦はわざと乱暴に行われた。メグレは同行の刑事たちとともにパトカーに乗っていたが、そのパトカーはまずマラケ河岸からサン＝ペール通りに入ったところで盛大にクラクションを鳴らし、界隈の骨董屋と古書店の店主たちを飛びあがらせた（あまりの騒音に骨董屋のひとりで、店の奥にいるモグラと同じくらい死にかけていた老人がベッドから跳ねおき、戸口まで駆けつけたほどだ）。

それから目指す建物の近くまで来ると、パトカーは急ブレーキをかけ、歩道に乗りあげるようにして止まった。すぐさまメグレを含めた三人が中から飛びだす。それはまさに、通報を受けた救急隊そのものだった。だが、建物に向かったのはメグレだけだ。ほかのふたりのうち、ひとりはその建物に別の出入口がないか調べにいった。もうひとりは歩道に残った。大きな口ひげを生やし、暗い目つきをした、警戒心の強そうな刑事だ。剛腕刑事として漫画に出てきそうな男だ。中にいる者に睨みをきかせるため、メグレはわざとこの刑事を歩道に残したのだ。

向かっているのは、アトゥム銀行の頭取だったアトゥムが経営しているトルコ絨毯の店だ。戸口に近づくと、クラクションと急ブレーキの派手な演出が功を奏したのだろう、ガラス張りのドアの向こうから店員がひとり、おびえた顔で外の様子をうかがっているのが見えた。真っ青な顔をして、写し絵のようにガラスに張りついている。

メグレは中に入った。店内は壁一面にトルコや中東の手織り絨毯が掛けられていて、音が反響しないせいか、足音も静かだった。店員は必死になって、落ち着きを取り戻そうとしている。

「アトゥムさんにお会いになりたいんですか？　いるかどうか、見てきます。しばらく、ここで……」

だが、その時にはもう、メグレは店員を押しのけて、奥に進んでいた。見ると、壁に掛かったふたつの絨毯の隙間から赤っぽい光が洩れている。そこからは話し声も聞こえた。絨毯の向こうには小さな部屋があった。四方の壁に絨毯が下がっているので、絨毯できた部屋のように見える。中にはいろとりどりのクッションを置いた長椅子と、螺鈿《らでん》を象嵌《ぞうがん》した小型の円卓があった。円卓の上ではトルココーヒーがよい香りを立てている。

人はふたりいた。ふたりとも男で、ひとりは立ちあがって帰ろうとしているところだった。男は店員と同じくらいおびえていた。もうひとりは長椅子に座り、金口の紙巻煙草を吸いながら、何か外国語でしゃべっていた。

「アトゥムさんだね？　司法警察のメグレ警視だ」メグレは座っている男のほうに話しかけた。

それを聞くと、帰ろうとしていた男はあわてて部屋を出ていった。たちまち店のドアが開く音がして、すぐに閉まる音がした。その間にメグレは平然とした態度で、長椅子の端に腰をおろした。興味を惹かれたようにトルココーヒーの小さなカップを眺める。

「アトゥムさん、私のことを覚えていないか？」メグレは言った。「私たちは昔、半日ほど一緒に時間を過ごしたことがある。今から八年近く前のことだ。きみが正規の身分証明書を持っていなかったために国外退去の処分が決まって、私がドイツとの国境まで送っていったんだ。なかなかいい旅だったよ。列車でヴォージュを越え、アルザスを抜けて……。私たちは国境の標識のところで別れた」

アトゥムは太っていた。顔は年齢よりはるかに若く、いかにもトルコ系らしい、黒く魅力的な目をしていた。身なりはきちんとしていて、うなじに香水をふりかけ、指にはいくつもの指環をはめている。こちらを警戒しているのか、深々と腰をおろすというよりは、背中を丸めて、浅めに腰かけている。それにしても……。部屋は絨毯に囲まれ、模造品の雪花石膏《アラバスター》のランプで照らされている。パリにいるというよりは、中東のバザールにいるようだ。

「あの時、きみはフランスでどんな罪を犯したんだっけ？　私の記憶では特に悪いことはしていなかったはずだ。だが、正規の身分証明書を持っていなかったので、フランス政府はきみを国外退去にした。私はきみをドイツまで送った。だが、きみはその夜のうちにフランスに戻ってきた。フランス国内に有力な保護者がいたんだな。一応、国外に出たので、フランス政府の面子は立ったというわけだ」

アトゥムは平静な態度を保っていた。猫のようにじっとこちらを見つめている。

「そのあとで、きみは銀行を開設した。フランスでは、過去に国外退去の処分を受けたという記録が残っていても、銀行を開く妨げにはならないからな。ただ、その銀行の業務で、きみは問題を抱えることになった……」

「警視さん、もっとはっきり言ってください。ご用件は何です？」

「私がここに来た目的を訊いているのか？　正直に言って、それはまだわからない。今、通りにはパトカーが一台とまっていて、出入口はそれぞれ刑事が見張っている。つまり、これからきみを警察まで連れていくこともできるわけだ」

アトゥムは動揺を見せなかった。新しい煙草に火をつけて、メグレにも勧める。メグレは断った。

「あるいは、きみをここに残し、私は静かに立ち去ることもできる。どちらをとるかはきみ次第だ」

「どうすればいいんです？」

「私の質問に答えてくれればいい。きみの口が堅いことはよく知っている。だが、私のほうにも、きみの口を開かせるだけの材料はそろっている。では、質問だ。銀行をやっていた時、きみには右腕とも言うべき会計士の部下がいただろう？　きみの腹心の部下だ。あぁ、その部下の名前を言っていなかったな。ジャン・ラミュエルだ。そこで訊きたいのだが、きみはどうしてその大切な部下と別れたのだ？　つまり、馘《くび》にしたのだ？」

アトゥムはしばらく考えてから言った。

「警視さんはひとつ勘ちがいをなさっています。私はラミュエルを馘にしていません。ラミュエルが自分のほうから辞めていったのです。理由は確か、病気だったと思いますが……」

メグレは立ちあがった。

「残念だな。その答えなら、きみを警察に連れていくことになる。私と一緒に来てくれ」

「行ったら、どうなるんです？」

「また、国境まで送りにいくことになる」

アトゥムの唇にかすかな笑みが浮かんだ。

「だが、今度はドイツじゃない」メグレは言った。「イタリアの国境まで行こうと考えている。これは人から聞いたんだが、きみはイタリアで不渡り小切手と詐欺の罪で五年の刑を食らいそうになったんだろう？　だから、正規の身分証明書も持たず、フランスに逃げてきたわけだ。それを考えたら……」

「お座りください、警視さん」

「また、立ちあがらなくてもすむようにしてくれるということか？」

「ラミュエルをどうするつもりです？」

「本来いるべき場所にぶちこむつもりだ。どう思うかね？」

そう言うと、メグレは口調を変えて続けた。

「おい、アトゥム。今日のおれには時間がないんだ。おまえはラミュエルに弱みを握られているんじゃないか？」

「弱みというか……。やつがあることないこと話しはじめたら、私は困った立場に追いこまれることになるでしょう。それは認めます。銀行の業務はかなり複雑なものですが、やつには不正に対する嗅覚があるんです。それで、まあ弱みを握られたというか……。それを考えると、いっそのことイタリアまで送ってもらったほうがいいかもしれません。もちろん、フランスに残っても大丈夫だという警視さんのお墨付きがあれば別ですが……。たとえば、取り調べの最中に、アトゥム銀行で私がやったことについて、やつが何を言っても、警視さんのほうは聞きながしてくださるとか……。何と言っても、もう過去のことですし、私も今は真面目な商売をしているわけですから……」

「なるほど、検討するだけの余地はあるな。十分、可能性はある」

「それなら、話しましょう。私とラミュエルは喧嘩別れをしたんです。激しい言い争いの末にね。ある時、私はやつが他人の筆跡を真似して、書類を偽造していることに気づいたんです」

「その書類はもちろん持っているだろうな?」

それを聞くと、アトゥムが目をしばたたかせた。小声で告白する。

「でも、やつも持っているんです。私を罪に問える証拠を……」

「つまり、お互いに弱みを握っているというわけか。だが、アトゥム。おまえのほうはラミュエルが不正を働いた証拠を今すぐ渡してくれ」

アトゥムはまだ少し迷っているようだった。イタリアの刑務所か？　フランスの刑務所か？　ラミュエルの持っている不正の証拠が警察に提出されたら、フランスの刑務所に行くことになる。アトゥムを安心させるように、メグレはうなずいた。アトゥムは立ちあがり、長椅子の背後に掛かっていた絨毯をめくった。そこには壁にはめこまれた金庫があった。ダイヤルを回して、扉をあけると、アトゥムは中から書類を二通、取りだした。

「ラミュエルが偽造した契約書です。私のサインだけではなく、顧客のサインも真似しています。あの……ラミュエルが持っている証拠のほうですが、私は不正な取引の詳細を赤い手帳につけていました。その手帳を見つけて、破棄していただければ、私としては大変助かります」

証拠の書類をしまうと、メグレは出口に向かった。アトゥムは一緒に歩いてきたが、突然、壁の絨毯を指さすと、少し迷った口調で尋ねた。

「こちらはカラマニ産のトルコ絨毯です。奥様にいかがでしょう？」

時刻は八時半になっていた。メグレはモンパルナス通りにあるブラッスリ《ラ・クーポール》に入り、大勢の人が食事をしているレストランホールに向かった。いつものように山高帽を少しうしろにかぶり、ポケットに手をつっこんで、ぶらぶら歩く。その姿は空席を探しているひとり客のようにしか見えなかっただろう。

だが、客の中にハムとソーセージの盛り合わせをさかなにビールを飲んでいる小柄な男を見つけると、そばで立ちどまった。リュカだ。

「おい、リュカじゃないか?」わざとらしく言う。「相席してもかまわないか?」

リュカがうなずいたので、メグレは〈さあ、これから楽しい食事が始まる〉とばかりに、リュカの向かいに腰をおろした。だが、そこに制服の給仕がやってきたので、椅子から立ってオーバーを渡した。その時、隣のテーブルでちょっとした騒ぎが起こった。見事なロブスターの半身を前にしていた、かなり下品な感じの女が突然、大声でわめきはじめたのだ。

「ちょっと、代わりのマヨネーズを持ってきてくれない。これは石鹸のにおいがする!」

メグレは女を見て、次に向かいの男を見た。計画どおりだ。リュカはうまくやってくれた。それから、心から驚いた様子を取りつくろって言った。

「ラミュエルさんじゃないか! こんなところでお目にかかるとは! ご一緒にいるのは?」

「妻です……」ラミュエルが紹介した。「こちらは司法警察のメグレ警視」

「初めまして、警視さん」

まもなく給仕が来たので、メグレは注文を口にした。

「ステーキとフライドポテトをふたつ。それからビールを二杯。二杯ともいっぺんに持ってきてかまわない」

それから、ラミュエルがバターもチーズも使っていない、あっさりしたパスタを食べているのを見て、急に口調を変え、いかにも同情しているような声で言った。

「ラミュエルさん、あんたを見ていると、心から気の毒だと思うよ。最初に会った時から、そう思っていたんだ。あんたは真面目で教養もあり、頭もいい。それなのに、なぜか運に恵まれない。成功から遠ざかってしまう。しかも、そういう人間にかぎって、病気に見舞われたりするんだ」

「ちょっと、いい加減なことを言うのはよしてよ」新しく運ばれてきたマヨネーズのにおいを嗅ぎながら、ラミュエルの愛人、マリ・ドリジェアールが口をはさんだ。「そんなことを言ったら、この人がろくに成功しないことの言い訳に使うじゃないの」

「いや、いい加減じゃない」メグレは続けた。「あんたみたいに真面目で頭もよかったら、十倍くらい財産をつくってもおかしくないくらいだ。それなのに、現実は失敗ばかりだ。不思議なことにね。エジプトでもエクアドルでも、最初は順調だったのに、急にだめになって前よりも悪くなってしまう。銀行でもそうだったんだろう？　せっかく素晴らしい地位を得たというのに、アトゥムといったかな、ろくでもない頭取のせいで、銀行を離れざるを得なくなった……」

メグレはステーキをほおばりながら、友人同士がするような、気楽な調子で話を続けた。だが、もちろん、それを聞かされているほうは明らかに戸惑っているようだった。リュカは下を向いて、ソーセージの皿をじっと覗きこんでいた。ラミュエルのほうはパスタを食べるのに夢中になっているふりをしている。

「それはそうと、ラミュエルさん、私はあんたが今頃、モンパルナスのこの店にいるのではなく、ブリュッセルに向かう列車に乗っていると思っていたよ」

ラミュエルは動じなかった。だが、顔が黄色くなったように思えた。フォークを持つ手が震えている。と、愛人のマリ・ドリジェアールが声をあげた。ラミュエルを問いつめる。

「はあ？　何だって？　あんた、ブリュッセルに行くつもりだったの？　そんなこと、ひと言だって話さなかったじゃないの！　ジャン、どういうことよ？　女ができたってこと？」

メグレは人のよさそうな表情を作って言った。

「いえ、奥さん、女じゃありません。それだけは言っておきます。どうぞご安心ください。そうではなく、あなたのご主人は……恋人と言ったほうがいいでしょうか……」

「この人はあたしの夫です。どこで何を聞いたか知りませんが、あたしたちは結婚しています。その証拠に……」

そう言うと、マリ・ドリジェアールはハンドバッグをかきまわして、しわくちゃになった紙きれを取りだした。紙きれは黄色くなっていた。

「ほら、これがあたしたちの結婚証明書よ」

証明書はスペイン語で書かれていた。ところどころにエクアドル共和国の証紙が貼ってあり、印章も押されている。マリ・ドリジェアールがまたラミュエルのほうを向いて、大きな声をあげた。

「ジャン、答えなさいよ！　ブリュッセルに何をしに行くつもりだったの？」

「いや……。そんなつもりは、まったくない」

「ラミュエルさん、申しわけない」メグレは口をはさんだ。「どうやら夫婦喧嘩のタネを作ってしまったようだ。だが、あんたが銀行の口座から預金のほとんどを引き出して、ブリュッセルの銀行で二十八万フランの小切手を現金化すると聞いたものでね」

メグレはポテトがカリッとしているうちにと言って、フライドポテトを口に詰めこんだ。本当はそうしないと、笑いをこらえることができなかったからだ。すると、ラミュエルがテーブルの下で足を伸ばして、踏んできた。これ以上は言わないでくれという合図だ。

だが、もう遅かった。見事なロブスターのことも、まわりに十人くらい食事客がいることも忘れて、マリ・ドリジェアールが爆発したのだ。いや、もし結婚証明書が本物だとしたら、マリ・ラミュエルと言うべきかもしれないが……。

「ねえ、今、二十八万フランって言った？　じゃあ、この人は二十八万フランも貯金があるっていうのに、あたしが必要だから欲しいって言ったものを買ってくれなかったの？」

メグレはテーブルの上のロブスターとリースリングワインを眺めた。ハーフボトルで二十五フランもするアルザスの白ワインだ。

「ジャン、答えなさいよ。ほんとなの？」

「警視さんがどうしてそんなことを言いだしたのか、私にはさっぱりわからないよ」

「銀行に口座を持ってるの？」

「口座なんてないよ。ほんとうだ。もし二十八万フランも金があったら……」

「じゃあ、警視さんはどうしてそんなことを言ったの？」

「申しわけありません、奥さん。あなたを不愉快な気持ちにさせてしまって……。ご主人から話を聞いていると思ったものですから……。おふたりの間には隠しごとなどないと……」

「それでわかったわ」

「何がわかったんです？」

「この人の態度よ。ここ何日か、この人、優しかったのよ。優しすぎたの。あたしの言うことに文句ひとつ言わないし……。でも、あたしはなんだかおかしいって思ってたの。そしたら、やっぱり……。こんなことを企んでいたとはね」

まわりの客たちは皆、にやにやしてこの話を聞いていた。マリ・ドリジェアールが大声を出すので、三つ先のテーブルくらいまで、話が筒抜けだったのだ。

「マリ、お願いだから……」ラミュエルが泣きそうな声を出した。

「何よ！　あんたはあたしに内緒でお金を貯めて、あたしにはなんにも買ってくれず、こっそりどこかに行こうとしていたんでしょ！」マリ・ドリジェアールは今や泣きわめいていた。「あたしを捨てて……。そんなこと、見たことも聞いたこともないわ。気づいたら、あたしは家にひとりで残されて、家賃は当然、払ってないのよ。もうたくさん！　あんたは今まで二回、あたしから逃げだそうとした。二回ともうまくいかなかったけど……。ねえ、警視さん、女のところに行くんじゃないって本当？」

「警視さん、この話は別のところでしませんか？」ラミュエルが言った。

「いや、まだだ。そう……」メグレはしどろもどろに答えた。

だが、そこでテーブルの間を縫って配膳ワゴンを押してくる給仕長の姿が目に入った。ワゴンの上には料理の皿がのっていて、銀色の大きなドームカバーで蓋がしてある。

「そうだ。そこの給仕長！　その中に入っている料理は何かね？」

「骨つきの牛のあばら肉でございます」

「じゃあ、そいつをひと切れくれ。リュカ、きみもひと切れどうだ？　じゃあ、それとフライドポテトをひとつ……」

するとマリ・ドリジェアールが横から話に入った。

「ねえ、このロブスター、もう冷たくなっちゃったから、さげてちょうだい。それとあたしにも警視さんと同じものを……。大丈夫よね。だって、この人、貯金がいっぱいあるみたいだから……」

料理が来るまでの間、マリ・ドリジェアールは化粧を直す必要を感じたらしい。泣いたせいでおしろいが落ちたからだ。品の悪いピンクのおしろいを取りだすと、パフを使ってはたきはじめる。

実はこの間──メグレとリュカは知らなかったが──テーブルの下では小競り合いが行われていた。妻だか愛人だかを黙らせようと、ラミュエルが何度か蹴りを入れたところ、合図の意味がわからず、マリ・ドリジェアールが蹴りかえしていたのだ。

「覚えてなさいよ。あとでひどい目にあわせてやるから……」

「あとになったら、すべてはっきりするよ。だいたい、警視さんがどうしてこんなことを言いだしたのか、私にはさっぱり……」

「ねえ、警視さん、何かのまちがいってことはないのかしら？　だって、警察ってなんでもやるじゃない。事件があって犯人がわからなかったり、捜査に行き詰まったりしたら、いい加減なことをでっちあげて、みんなをだましたりするんでしょ？　今の話もそんなんじゃないの？」

料理が運ばれてきた。メグレは時計を見た。九時半だ。リュカに目くばせをすると、咳払いで返事が戻ってきた。ラミュエルとマリ・ドリジェアールのほうに身を乗りだすと、メグレは打ち明け話をするように小さな声で言った。

「動くな、ラミュエル。抵抗しても無駄だ。おまえの右の席にいるのは警察官だ。ここにいるリュカもそうだ。実は夕方からずっとおまえのあとをつけていたんだ」

「どういうことよ？」マリ・ドリジェアールがもぐもぐ言った。

「こういうことだ。まず、奥さんは食事を続けてくれ。私はご主人を逮捕しなければならない。だが、これは目立たないように行うつもりだ。そのほうが誰にとってもいいと思うからだ。だから、食事をすませてほしい。そのあとで、私たちは一緒にここから出る。仲のよい友人同士のようにね。それから、タクシーに乗って、オルフェーヴル河岸の司法警察まで行くんだ。司法警察も昼間は騒がしいが、夜は静かなもんだ。まあ、想像はできんだろうが……。あっ、ちょっとマスタードを持ってきてくれないか。それとピクルスがあったら頼む」

マリ・ドリジェアールは額に一本、大きなしわを寄せた。時おり、ラミュエルを恐ろしい目つきで睨みつけながら、猛然と料理を口に運んでいる。額にしわを寄せたからといって、美しくなったわけでも、愛嬌のある顔になったわけでもない。メグレは三杯目のビールを注文すると、ラミュエルのほうにかがんで、打ち明け話を始めた。

「実は今日の午後三時頃、おまえが軍隊で主計曹長だったことを突然、思い出したんだ」

「あんた、いっつも、自分は少尉だったって言ってたじゃない」マリ・ドリジェアールが口をはさんだ。夫をとっちめる機会があったら、決して逃さないのだ。

「いや、主計曹長だって、たいしたものだよ、奥さん。軍隊の帳簿はすべて主計曹長がつけるんだから……。それで、私も軍隊にいた時のことを思い出したんだ。もう昔のことだがね」

そう言うと、メグレはポテトフライをほおばった。外側はカリッとしているのに、中はとろけるように柔らかい。この感触はたまらなかった。ビールをひと口飲んで、話を続ける。

「いや、帳簿をつけるだけではない。時には他人の筆跡を真似して、サインまでする。というのも、うちの隊は中隊長が兵舎になかなか姿を見せないので、休暇の許可証にサインがもらえず、みんなが困っていたんだ。そこで、中隊長に代わって、主計曹長がサインをしたというわけだ。しまいには、許可証だけではなく、中隊長の名前でたくさんの書類を書くようになっていた。それがあまりにそっくりだったので、中隊長自身が自分で書いたものなのか、主計曹長が真似たものなのか、見分けがつかなかったそうだ。ラミュエル、この話をどう思う？」

「わかりませんね。でも、あなたが私を逮捕しようとしているなら、教えてください。逮捕状はどうやって手に入れたんですか？」

「検事局の経済事件を担当する部署だ。経済絡みの事件で確かな証拠が見つかったら、逮捕してもかまわないと言ってもらった。びっくりしたかね？　でも、こういうことはよくあるんだ。ひとつの事件を追っていたら、別の事件にたどりつくことがね。そうやって、私は数年前に起きた銀行に絡む文書偽造事件を知った。世間には知られず、埋もれていた事件をね。私のポケットにはその事件でおまえが行った犯罪の証拠を示す書類が入っている。そう、アトゥムからもらったものだよ。ああ、奥さん、もう食べないのかね？　デザートもいらない？　おい、会計をしてくれないか。割り勘でいいね？　私はステーキとワゴンにのっていたやつ、骨つきの牛のあばら肉がふた切れだ。それからフライドポテトが三つと、ビールが三杯だ。リュカ、マッチは持っているかね？」

11 大団円

オルフェーヴル河岸でタクシーを降りると、一行は司法警察の薄暗い玄関口《ポーチ》を抜け、暗い電球がまばらについた広い階段をのぼり、やっとのことで扉が並ぶ長い廊下に出た。マリ・ドリジェアールなどは息を切らしていた。

「着きましたよ、奥さん」メグレは言った。「息を整えてください」

廊下には電球がひとつしかなかった。遠くのほうではふたりの男が何か話をしながら、廊下を行ったり来たりしていた。オズワルド・J・クラークと事務弁護士《ソリシター》のデヴィッドソンだ。

廊下の端には待合室がある。待合室の壁は廊下側が一面ガラス張りになっていて、中に誰がいるのか、必要に応じて刑事たちが覗けるようになっていた。

待合室には緑のビロード張りの肘掛椅子がいくつも置いてある。部屋の造りはメグレの執務室と同じで、ルイ・フィリップ様式の黒い大理石の暖炉が取りつけてある。その上にはやはりメグレの部屋にあるのと同じルイ・フィリップ様式の置き型の振り子時計があった。三方の壁には、殉職した警察官たちの写真が黒の額縁に入れられて飾ってある。シャルロットとジジは隅の肘掛椅子に座っていた。

廊下のベンチにはふたりの憲兵にはさまれて、プロスペル・ドンジュが腰をおろしている。あいかわらずネクタイはなく、靴ひももはずされたままだ。

「ここだ。ラミュエル」執務室の前まで来ると、メグレは言った。「中に入ってくれ。奥さんは待合室にいてくれないか？　リュカ、案内してやってくれ」

待合室ではどんな光景が展開されるのだろう？　シャルロットとジジとマリ・ドリジェアール——三人の女たちが互いに警戒して、じろじろと値踏みしている様子を想像すると、メグレは楽しくなった。

「さあ、入るんだ、ラミュエル。オーバーは脱いだほうがいい。時間はたっぷりかかりそうだからな」

机の上の緑のシェードのランプをつけると、メグレはオーバーと帽子を脱ぎ、パイプをひとつ選んで、刑事部屋の扉をあけに行った。

刑事部屋には人がたくさんいた。いつもなら、夜はがらんとしているのだが、舞台の書割を誰かが突然、昼間のものに替えてしまったかのようだった。トランス刑事はソフト帽を頭にのせ、机に腰をおろして煙草をふかしている。その前には汚らしい顎ひげを生やした小柄な老人が椅子に座って、ゴム靴の先を見つめている。郵便物預かり所のジェムだ。

部屋にはジャンヴィエ刑事もいた。ジャンヴィエはこの機会に昼間の報告書を書いてしまおうと思ったのだろう、時おり近くに座っている男に目をやりながら、書類に向かっていた。その男はある程度の年齢で、下士官の制服と制帽を身につけていた。退役してからも、そんな恰好をしているのだろう。メグレはその男に声をかけた。

「あんたが管理人かね？　レオミュール通り百十七番地三号の……。こっちに入ってきてくれないか？」

メグレは男を先に通した。制帽を手に部屋に入ると、管理人は気をつけの姿勢をとった。部屋の隅にいるラミュエルの姿には気がつかないようだ。ラミュエルはなるべく光の届かないところでじっとしていた。

「レオミュール通り百十七番地三号の建物の管理人にまちがいないね。前に二カ月ほど、プロスペル・ドンジュという男が事務所を賃借していたことがあったな？　その後、ドンジュは賃貸契約を解消したが、あんたのほうはドンジュから頼まれて、月に百フランでドンジュに来た手紙を転送する仕事を引き受けた。そうだね？　では、訊くが、この部屋にドンジュはいるか？」

管理人は部屋を見まわし、隅にいるラミュエルを見つけると、首を横に振って、もぐもぐ言った。

「うーん……。ああ……。正直に言うと……。いや、断言することはできません。あれから、かなりたっていますから……。三年くらい前でしょう。たぶん……。まちがっているかもしれませんが、確か顎ひげを生やしていたような……。そう、顎ひげです。ここにいる人はちがうと思います」

「ありがとう。帰ってもかまわないよ。出口はこちらだ」

メグレは廊下側の扉を示した。あとひとり……。メグレは刑事部屋の扉をあけて、中に声をかけた。

「ジェムさん。何と呼んでいいかわからんので、これでいいか？　ともかく、こっちに入ってくれ。それで訊きたいのだが……」

今度は返事を待つ必要がなかった。ラミュエルを見て、ジェムがはっとしたのだ。

「どうだ？」

「どうだって、何がです？」

「この男を知っているか？」

すると、ジェムが怒りだした。

「知ってると答えたら、裁判所に証言に行かなきゃならんのだろう？　そしたら、二日か三日は証人用の控室に閉じこめられる。その間、誰が店の面倒を見てくれるって言うんだ。証言台に立ったら、検事だの弁護士だのが、わしのしていることについて、答えられないような質問を山ほど浴びせてきて、わしを悪しざまに言うのだ。嫌だね。そんなことになるのは……。わかったかね、警視さん」

だが、そこまで言うと、急に不安になったのか、ジェムは尋ねた。

「この男は何をしたんだ？」

「まあ、いろいろなことをしたがね。いちばんは人をふたり殺したことだ。男と女だ。女は金持ちのアメリカ人だ」

「金持ち？　なら、捜査に協力したら、報奨金は出るのか？」

「かなりな」

「じゃあ、わしの供述書にこう書いていいぞ。《下記に署名する、私、オスマン通りで郵便物預かり所を営むジャン＝バティスト・アイザック・メイエールは……》あとは適当にやってくれ。それより、証人はたくさんいるのか？　いるんだったら、報奨金はみんなで分けあうのか？　まあ、おおかたの予想はつくよ。警察はいつも調子のいいことを言って、いざ報奨金を払う段になると……」

「書いたぞ」メグレは言った。「《……ジャン＝バティスト・アイザック・メイエールは、ジャン・ラミュエルと名乗る男と契約し、私の営むジェム郵便物預かり所で、J・M・Dのイニシャル宛に届く手紙を預かっていたことを公式に認めます》。これでいいな？　メイエールさん」

「わしはどこにサインをすればいいんだ？」

「待ってくれ。ひとつ、つけ加える。《最後にジャン＝ラミュエルが当預かり所に現れ、郵便物を受け取ったのは、二月二十二日のことです》。さあ、ここにサインしてくれ。メイエールさん、うまいことやったな。この事件のおかげで、あんたの商売は繁盛することまちがいない。事件が報道されれば、あんたの店の名前も出て、今まで郵便物預かり所のことを知らなかった連中までが押しよせてくるからね。あんただって、わかっていたんだろう？　さあ、メイエールさん、もう帰っていいぞ」

「メグレ警視、私は断固として抗議します！」ラミュエルが言った。

それを聞いて、メグレはこれまでやろうと思いながら、忘れてやっていなかったことを思い出した。ちょうどいい機会だ。窓のカーテンを閉めると、メグレは自分の手を眺めた。こんなことはめったにやらないし、自分がそんなことをするとはほとんどの人が思っていないのだろうが……しかし、やる時はやるのだ。

「ラミュエル、ちょっとこっちに来い！　来いと言ってるんだ。もっと前に！　怖がることはない」

「何です？」

「夕方、真実を突きとめてから、どうしてもやりたくてたまらないことがあるんだ。それは……」

その言葉と同時に、メグレはラミュエルの鼻にパンチをくらわしていた。ラミュエルは腕をあげて防ごうとしたが、まにあわなかった。

「正規のやり方からははずれているが、誰かがこうしないとな。明日からは予審判事の取り調べが始まるが、判事はもっと優しくしてくれるはずだ。ほかの連中も優しくしてくれるだろう。おまえはある意味でこの事件の主役になるわけだからな。主役は大事にされるもんだ。わかったか？　戸棚の中に手洗い鉢があるから、それで顔を洗え。鼻血で顔じゅうひどいことになっている」

ラミュエルは戸棚をあけて、どうにか顔をきれいにした。

「見せてみろ。ふむ、だいぶましになった。これでみんなと顔を合わせられる」そう言うと、メグレは刑事部屋の扉をあけて、中にいる刑事たちにどなった。「トランス！　リュカ！　ジャンヴィエ！　関係者を全員、この部屋に集めてくれ」

その声の調子に、部下たちは顔を見あわせた。ボスがこんなに興奮しているところは見たことがなかったからだろう。誰もが驚きの表情を浮かべていた。メグレはさっきとは別のパイプを手に取って火をつけた。最初に入ってきたのはドンジュだった。あいかわらずふたりの憲兵にはさまれ、手錠をはめられた両手をどうしていいかわからないように前に突きだしている。

「手錠の鍵はあるか？」メグレは憲兵のひとりに尋ねた。

その鍵でドンジュの手首から手錠をはずすと、メグレはその手錠をラミュエルの手首にはめた。カチャッと音がして手錠がしまると、ドンジュは目を丸くしてラミュエルを眺めた。あんまりびっくりしたので、目が飛びだしてしまうのではないかと思われたほどだ。

その時、メグレはドンジュがネクタイもなく、靴のひももはずしているのに、あらためて気づいた。そこでラミュエルからも靴のひもと黒い絹の蝶ネクタイをはずした。それから、廊下側の扉が開いたのを見て言った。

「さあ、皆さん、入って、入って。クラークさん、どうぞ。クラークさんはフランス語がおわかりになりませんね。デヴィッドソンさんに通訳してもらってください。デヴィッドソンさん、お願いします。皆さん、椅子はちゃんとありますか？　もちろんだ、シャルロット。プロスペルのそばに行ってやりなさい。ただ、感激のあまり、抱きあったり、泣いたりするのは勘弁してくれ。

さて、皆さん、お集まりかな？　じゃあ、トランス、扉を閉めてくれ」

「この人が何をしたって言うの？」しゃがれた声で、マリ・ドリジェアールが尋ねた。

「奥さんも座って。立っている人に話すのは嫌なんでね。だめだ、リュカ！　天井の明かりはつけないでくれ。スタンドの電気だけのほうが親密感が出る。ああ、奥さん、ラミュエルが何をしたかだって？　お答えしよう。ラミュエルがこれまでの生涯でしてきたことはひとつしかない。〈文書の偽造〉だ。奥さん、あんたには悪いが、ラミュエルはずっとあんたと別れたいと思っていたはずだ。それなのに、どうしてあんたのような女と暮らしていたかと言えば、その理由はひとつしか考えられない。奥さん、あんたはラミュエルの弱みをにぎっていたんだ。ラミュエルがグアヤキルで書類を偽造し、帳簿の不正操作をして小金を稼いでいたことを知って、会社にばらすと脅迫した——そうだろう？　ラミュエルは事が露見する前に会社を辞めてフランスに戻ってきたが、あんたも連れてくることになった。秘密を知られていたため、そうせざるを得なかったのだ。帳簿の不正操作については、さっき鉱山会社の本拠地があるロンドンに電報を打っておいたので、おっつけ返事が来るだろう。だが、私にはそうだという確信がある」

それを聞くと、マリ・ドリジェアールがラミュエルにつっかかっていった。

「何、あんた、ほかのところでも悪いことをしていたの？　エクアドルにいた時だけじゃなく。なら、二十八万フランの小切手とか、ベルギーの銀行とかいうのも、でたらめじゃなかったのね。ちくしょう！」

そう言うと、マリ・ドリジェアールは箱から飛びだした悪魔のように、ラミュエルにつかみかかった。

「このろくでなし！　泥棒！　悪党！」

「まあ、落ち着いて」メグレは割って入った。「奥さん、ラミュエルがあんたに何もしゃべらなかったというのは、あんたにとって悪いことではなかったんだよ。さもなければ、私はあんたをラミュエルの共犯として逮捕しなくちゃならんからね。文書偽造の罪だけじゃない。ふたつの殺人の罪についてもだ」

このあたりから、場の雰囲気は喜劇の様相を帯びてきた。クラークは片時もメグレから目を離さず、耳だけ事務弁護士のデヴィッドソンのほうに向けて、何か言葉をささやいていた。その様子を見るたびに、メグレにはクラークの口にしている言葉の意味がわかった。「何と言ったんだ？」と訊いているのだ。

メグレは話を続けた。

「それから、シャルロット。このことはもうプロスペルから聞いていると思うが……。プロスペルが逮捕される前の晩――私が初めてお宅を訪ねたあとに……。だが、ここであらためて言っておこう。そう、プロスペルがミミに手紙を書いたことだ。パリに来てからある程度、時間がたった頃、あんたはプロスペルの恋の病が癒えたと考えて、ミミからの手紙のことを話した。ミミがジジに宛てた、子供のことが書かれている手紙だ。だが、当時、プロスペルの心はまだ癒えてなかった。まだミミのことがひっかかっていたんだ。とりわけ、子供のことは放っておけなかった。そこでプロスペルはあんたに黙って手紙を書いた。家ではなく、ホテルの地階のカフェトリで……。時間は三時頃――ラミュエルによれば、休憩時間にあたる。そうだな？　ドンジュ。これを聞いて、何か思い出さないか？」

ドンジュは戸惑っていた。どうしてこんな話になるのかわからず、ただ、淡いブルーの目を大きく見開いていた。

「おっしゃっていることの意味がよくわかりません」

「手紙は何通、書いた？」

「三通です」

「そのうちの最後の手紙を書いている時、食料保管庫から呼びだしの電話がかからなかったか？　時間は三時半頃だ。明日の分のコーヒー豆と紅茶の茶葉を取りにきてほしいという電話がね」

「そうかもしれません。いや、たぶんそうだと思います」

「その結果、ミミに宛てた書きかけの手紙は机の上に残されることになった。そして、その向かいの小部屋にはラミュエルがいた。生涯、書類を偽造して、それでも財産を作れなかった男が……。ラミュエルはあんたがいない間に、手紙を盗み読みし、これは絶好のネタが手に入ったと考えた。ドンジュ、書いた手紙は誰に頼んでポストに入れてもらった？」

「ベルボーイです。一階にポストがあるので、投函してくれるよう頼みました」

「だとしたら、ラミュエルはその手紙を簡単に手に入れることができたわけだ。代わりに自分が出しておくとかなんとか言ってね。さて、ミミのほうは……。クラークさん、申しわけない。私たちにとっては、ミセス・クラークというよりはミミなのです。でも、まあ、デトロイトにいたミセス・クラークのほうは、パリからの手紙を受け取って、不思議に思ったことだろう。最初の三通は恋する男の手紙で、とりわけ自分たちの子供のことしか書いていないのに、そのあとから来た手紙は突然、文面が変わって、脅迫状になったからだ。筆跡はあいかわらずドンジュのもので、サインも同じなのに……。ただ、前の手紙とちがって、あとから来た手紙は金を要求しているのだ。払わないと、夫にばらすと言って……」

「警視さん、私はそんなことはしていません。そんな手紙は……」ドンジュが抗議した。

「黙れ！　お願いだから、ちょっと頭を働かせてくれ。今がいちばんいいところなんだから！　今、私はラミュエルがもう言い逃れができないという、その証拠について話しているんだ。わかったら、黙って聞いてくれ。脅迫状を書いたのはラミュエルだ。だが、その前にラミュエルはあんたの名で――プロスペル・ドンジュの名で部屋を借りる必要があった。ミミに脅迫状を書く時に、《引っ越しをしたので、小切手はここに送れ》と新しい住所を知らせる必要があったからだ。あんたがその前の手紙で自分たちの私生活に触れていないので、うまくいくと思ったのだろう。そうして、レオミュール通り百十七番地三号に事務所を借りた」

「そんな……」

「事務所を借りるには、身分証明書は必要ない。手紙も管理人が預かってくれる。そうなると、あとは脅迫状を書いて、アメリカの銀行で発行した小切手を送ってもらうだけだ。ただ、小切手を現金化するには、もうひとつ手順を踏む必要があった。というのも、ラミュエルはドンジュが脅迫したと見せかけるため、小切手を持参人払いではなく記名式にして、受取人をドンジュに指定していたのだ。しかし、銀行は身分証明書を見て本人であることを確認しないかぎり、小切手を換金してくれない。つまり、いくら手もとに小切手があっても、紙きれ同然ということになる。

だが、ラミュエルはドンジュ宛の小切手を換金する方法をすでに持っていた。実はラミュエルにとって、あんたが食料保管庫にコーヒー豆を取りにいっている間にカフェトリにしのびこんで、書きかけの手紙を盗み見たのは、ミミに手紙を書いた時だけではなかった。その少し前にも、ラミュエルはカフェトリに入りこんで、あんたが《リヨン銀行》宛に書いた手紙を読んでいるのだ。口座を解約するので、残高をサン＝クルーの自宅に送ってほしいと依頼する手紙だ。ラミュエルは何かの役に立ちそうだと思って、その手紙をくすねておいた。あんたが手紙を書きおわったのを見て、代わりに投函してやるとか言ってね。この手紙があったからこそ、ラミュエルはゆすりの計画を思いついたのだ。

何度も言うとおり、ラミュエルは文書偽造の専門家だ。口座解約の手紙はもちろん、《リヨン銀行》には出さず、代わりにあんたの筆跡を真似て、《リヨン銀行》に住所変更依頼の手紙を書いた。今後は以下の住所に手紙を送ってくれと言って……。新住所はもちろん、レオミュール通り百十七番地三号だ。

こうしてミミに脅迫状を送ると、ミミは新しい住所に小切手を送ってきた。ラミュエルはその小切手を《リヨン銀行》に送り、あいかわらずドンジュの筆跡で、この小切手を決済して自分の口座——つまりドンジュの口座に振り込んでくれと依頼する。これなら、身分証明書は見せずに、ドンジュから奪った口座に金を貯めることができるというわけだ。そして、口座の金を引き出すには、《リヨン銀行》に持参人払いの小切手を作ってもらい、ブリュッセルでもどこでも指定の銀行で現金化できるようにすればいいわけだ。そのいっぽうで、ドンジュには今度は《リヨン銀行》の手紙を偽造し、口座の解約が成立したことを知らせる。そして、残高の八百何十フランかをサン＝クルーの住所に送るというわけだ。どうだ？　実に巧妙な計画だろう？　あまりに狡猾で反吐が出るくらいだ。それだけではない。ラミュエルは念には念を入れて、レオミュール通りの住所から手紙を転送させることまでしていたんだ。郵便物預かり所を使ってな。そうなったら、誰がラミュエルの痕跡を発見できる？

だが、そこで思いがけないことが起こった。ミミがなんという偶然か、《マジェスティック・ホテル》に泊まることになったのだ。そうなったら、いずれドンジュは――本物のドンジュはミミの姿を見つけるかもしれない。そして、もしドンジュが金を要求する手紙など出していないと言ったら……」

そこまで聞いて、もう我慢できなくなったらしい。シャルロットが泣きだした。どうして泣いているのかはわからない。そう言えば、悲しい小説を読んだり、悲しい映画を見たりすると、すぐに泣きだしてしまうと話していたような気がする。ジジが必死で耳もとにささやいていた。

「ねえ、いいから……。もう、いいから……」

クラークが事務弁護士に何か言った。もちろん、「何と言ったんだ」と言ったのだ。

「かわいそうに、ミセス・クラーク——ミミはちょっとした偶然が重ならなかったら、死なずにすんだんだ」メグレは続けた。「ラミュエルはホテルの宿泊者名簿から、ミミが泊まっていることを知っていた。だが、ドンジュは知らなかった。お供部屋でクラーク家の家政婦と運転手が話していたのを偶然、耳にして、それで気づいたのだ。

ドンジュは手紙を書いて、朝の六時にホテルの地階で待ちあわせることにした。そこでミミに会っていたら、子供のことを言って、泣きながら、返してくれと懇願したことだろう。けれども、最後には昔のようにミミに丸めこまれてしまったにちがいない。いずれにしろ、殺人は起きなかったはずだ。

ドンジュはミミが用心して、ハンドバッグに拳銃をしのばせていたことも知らなかっただろう。

ラミュエルのほうは、ドンジュとミミが今にも出会うのではないかと心配で、ホテルの地階から離れることができなかった。妻と喧嘩をしたと言って、地階の休憩室に寝泊まりしていたのも、その理由からだ。だが、ミミが地階にやってきたりしなければ、特に殺そうとは考えていなかった。ドンジュとミミが会わずにすめば、それがいちばんいいからだ。ラミュエルはドンジュがミミに宛てた伝言をベルボーイに渡したことに気がつかなかった。

だから、ドンジュとミミが会ってさえいれば、ラミュエルの悪事が露見しただけで、ミミは殺されずにすんだろう。しかし、そこでまた偶然が重なった。自転車のタイヤがパンクして、ドンジュが待ち合わせの時間に行けなくなってしまったのだ。それだけのことで――自転車のタイヤがパンクしただけのことで、ミミは死んでしまったのだ。あの朝、警戒を続けていたラミュエルは、ミミが地階に降りてくるのを見て、いよいよドンジュと会うのだと悟った。だが、ドンジュの姿は見えない。ならば、ふたりが会う前に、殺してしまおう。そう思った。

ラミュエルはミミの首を絞めた。そして、ロッカーに死体を立てかけた。

やがて、ドンジュがミミの死体を発見した。それもあって、ラミュエルはドンジュを容疑者にできるのではないかと考えついた。捜査の過程で、昔ふたりがつきあっていたことや、子供がドンジュの種であることがわかれば、警察はドンジュを疑うだろう。自分のほうには疑いが向きようがない。

そう考えると、ラミュエルは念には念を入れて、シャルロットの筆跡で匿名の手紙を書くことにした。筆跡を真似るのは簡単だった。カフェトリの机の引き出しに、シャルロットがドンジュに書いたメモがいくつもあったからだ。繰り返し言うが、ラミュエルは文書偽造の才能があるのだ。どんな筆跡でも真似てしまう。

夜勤のフロントマン、ジュスタン・コルブフについては、あの朝、コルブフはドンジュがコーヒーを持ってこないので、様子を見に地階に降りてきた。そして、地階を探しまわっているうちに、ラミュエルがミミを殺害しているところを目撃してしまった。コルブフは半日悩んだ末、良心に懸けて、ラミュエルを犯人として警察に通報すると宣言した。ラミュエルはコルブフを絞殺し、その罪もドンジュにかぶせることにした。ラミュエルにとっては簡単なことだっただろう。

以上だ。トランス、この男にタオルを渡してやってくれ。さっき鼻血が出ていたんだ。ちょっと机の角に鼻をぶつけてね。ラミュエル。何か言いたいことはあるか？」

沈黙が支配した。クラークだけが事務弁護士に尋ねている。

「何と言ったんだ？」

メグレはマリ・ドリジェアールのほうを向いて言った。

「ひとつ言いたいことがあるんだが、奥さん。何と呼べばいいかね。マリ・ドリジェアール？　それともラミュエル夫人？」

「マリ・ドリジェアールのほうがいいわ」

「そのほうがいいな。では、マリ・ドリジェアール。ラミュエルがあんたを捨てようとしていたのは本当だと思う。大金を手に入れたら外国に行って、肝臓の治療に専念しようと思ったのだろう。自分ひとりで。あんたのようなうるさい女から離れて……」

「何よ」

「失礼、奥さん。だが、このくらいは言っておかないとね」

そう言うと、メグレは憲兵たちに命じた。

「この男を留置場に連れていってくれ。明日になったら、ボノー予審判事が殺人に関する逮捕状を出してくれるはずだ。そうなることを願うよ」

メグレはまわりを見まわした。部屋の隅ではジジが痩せた脚で、かろうじて立っていた。おそらく興奮したせいで、コカインが欲しくなったのだろう。薬が切れた時のように、身体がふらふらして、鼻孔がぴくぴくしている。傷ついた小鳥のようだ。

「警視さん、よろしいですか？」

事務弁護士が声をかけてきた。背後にはクラークが控えている。

「クラークさんは、なるべく早いうちに、私の事務所でドンジュさんと話しあいたいと言っています。その……子供のことで」

「聞いた？　プロスペル」ジジが隅のほうで嬉しそうな声をあげた。

「明日の朝ではどうでしょう?」事務弁護士が続けた。「明日の朝でしたら、無事に釈放されていると思いますので。ドンジュさん、いかがでしょう?」

だが、ドンジュは返事をするどころではなかった。突然、感情がこみあげてきたのか、シャルロットの豊かな胸に顔をうずめて泣きくずれていたのだ。ドンジュは泣いて、泣いて、それこそ涙が涸れるほど泣きつくした。その間、シャルロットはちょっと困ったような顔で、ドンジュを抱きしめ、子供をあやすように声をかけていた。

「大丈夫よ、プロスペル。子供はふたりで育てましょう。まずフランス語を教えて……。それから……」

その間に、メグレは机の引き出しを片っ端からあけはじめた。どれかの引き出しに、この間の家宅捜索で押収した白い粉の入った小袋がいくつかあったことを思い出したのだ。しばらくして、小袋のひとつを手に取ると、メグレはほんの少しためらった。それからすぐに肩をすくめた。

見ると、ジジは今にも倒れそうになっている。メグレはジジのそばに行くと、その手に小袋を握らせた。全員に向かって言う。

「みんな、午前一時だ。そろそろお開きにしよう」

クラークが何か言った。フランスの警察で時を過ごしたのはこれが初めてなので、いろいろとわからないことがあるのだろう。だが、クラークの言葉の意味はわかった。

「何と言ったんだ?」

それしかない。

翌朝、ベルギーの《ソシエテ・ジェネラル銀行》で二十八万フランの小切手が現金化されようとしたことがわかった。換金しようとしたのは、競馬のブックメーカーをしているジャミネという男だった。

ジャミネは軍隊時代、伍長としてラミュエルに仕えた男で、航空便で小切手を受け取り、換金に来たらしい。

だが、それでもラミュエルは罪を認めなかった。

運のない人生だったが、最後はラミュエルにも運が訪れたようだ。体調が悪化したせいで、法廷の最終弁論の時、三度ばかり失神した。だが、そのおかげで死刑をまぬかれ、終身懲役刑になったのだ。

解　説

本書『メグレとマジェスティック・ホテルの地階〔新訳版〕』は、〈メグレ警視〉シリーズを大きく三つに分けたときの中期に当たる作品であり、シリーズの面白さが最もよく表れている作品だと言っても過言ではない。実際に、シリーズのファンからは中期の代表作としてよく知られている。

大まかなあらすじは次のようなものだ。

シャンゼリゼ通りに面する超高級ホテル《マジェスティック・ホテル》で、女性の死体が発見された。女性は名前をエミリエンヌといい、スイートルームに一家で宿泊しており、実業家である夫のオズワルド・J・クラークは前日に列車でローマへと旅立っていた。死体は地階にある普段使われていない従業員用のロッカーの中に押し込められるような形で入っていた。発見者は、ホテルのカフェトリの主任であるプロスペル・ドンジュ。メグレ警視は捜査の中で、エミリエンヌはミミという名前でカンヌにあるキャバレーで働いていたこと、ドンジュの同居人であるシャルロットがミミと同僚であったことなどを知る。さらに、ドンジュはミミと関係を持っていたのだ。状況証拠はドンジュが犯人であることを示しているが、メグレにはなぜか彼が殺人を犯したのだとは信じられなかった。しかし、予審判事の元へと送られてきた匿名の手紙によって、ドンジュは勾留されてしまう。そして、第二の事件が起こり……。判事に手紙を送ったのは誰なのか？　上流階級の女性はなぜホテルの地階で殺されたのか？　そして、真犯人の正体とは？　様々な謎が渦巻く中、メグレ警視が真実を解き明かす。

元々はガリマール社から刊行された *Maigret revient…*（メグレの帰還）に収録されていた作品で、タイトルにあるとおり、前期の最後の作品となる『メグレ再出馬』から八年経って、久しぶりに読者の前にメグレ警視が戻ってきた形になる。この本には、他に『メグレと死んだセシール』（《ＥＱ》一九九一年十一月号）と『メグレと判事の家の死体』（《ＥＱ》一九八八年三月号）が入っているが、執筆順でいえば本作がいちばん最初に当たるようだ。

『死んだセシール』と『判事の家の死体』もファンからの評価が高い作品であるが、本書が中期の代表作とされるのは、ミステリ作家にして評論家であるトーマ・ナルスジャックが高く評価していることが大きな要因であろう。ナルスジャックは評論「メグレ警視論」の中で、クラークがメグレの顎を殴ったことで、メグレがクラークを判事の部屋へと連れて行く箇所を取り上げて、フランス語がわからないクラークと、英語がわからないメグレが互いに「何と言ったんだ？」と繰り返して会話にならないところは、ルネ・クレールの映画に匹敵する詩的なシーンだと語る。こうしたシーンは初期作品では見られなかったものであり、その変化はシムノンの〈メグレ警視〉シリーズに対する創作法の変化であるとナルスジャックは指摘する。

空しくも一九三〇年代の物語（〈メグレ警視〉シリーズ初期作品のこと）を堅苦しいものにしていたある種のぎごちなさ、もったいぶった様子を、シムノンとメグレは失ったのである。（中略）この親切さ、滑稽な人のよさなどが釣り合いと力と健全さを表しているのであり、とても以前のシムノンは、それをこれほどには持ち合わせていなかったのである。（トーマ・ナルスジャック「メグレ警視論」小副川明・訳／『名探偵読本2　メグレ警視』所収／注は引用者）

少し厳《いかめ》しい雰囲気のあった前期に比べて、中期以降のシリーズ作品は、滑稽味がありながらも質実剛健としたものに変わっていくが、メグレとクラークが行うユーモラスな掛け合いと、そのユーモアの裏にある鋭い攻防のようなものは、そうした中期以降の雰囲気をよく表している。

また、本作はシリーズの中でも珍しく、メグレが形式張った謎解きをする作品で、事件の謎を解き明かしたあと、メグレは事件の関係者を司法警察局へと集めて自らの推理を披露する。謎解きパートである第十一章「大団円」は、最もミステリとして盛り上がるシーンだ。名探偵が関係者一同を集めて「さて」と言い出してから推理を披露するというのは、ミステリにおけるお約束ごとのようなものだが、メグレもご多分に漏れない。

「さて、皆さん、お集まりかな？　じゃあ、トランス、扉を閉めてくれ」（本書二五〇ページより）

シムノンが意識していたかどうかは分からないが、謎解きミステリとして読むと、本作はこのメグレが「さて」と始めるシーンまでに、推理に必要な鍵が揃っていることに気付かされる。事件が起こるきっかけとなったとある出来事についても、勘のいい読者であれば指摘できるようになっている（しかも、シムノンはその出来事が読者の印象に強く残るような工夫も凝らしている）。

思えば、〈メグレ警視〉シリーズは、そのほぼ全ての作品がメグレの一人称で書かれ、彼の入手した情報や、彼の考えを余すことなく読者に伝えられるようになっていた。メグレの視点で証拠品を見て捜査をし、メグレの思考で事件について推理をすることができるようになっていたのだ。その意味で〈メグレ警視〉シリーズはミステリとして非常にフェアであると言えるだろう。

本作は、そうした公正さはもちろんのこと、手がかりの開示の仕方がかなり巧妙で、メグレがたどる推理と同じように読者も推理できるような構成になっている。フェアな謎解きミステリとして、本作はシリーズの中でも屈指の完成度を誇る。中期の代表作たる所以はここにもある。

前段で第十一章「大団円」が本作で最も盛り上がるシーンだと書いたが、ミステリではなく、小説家としてのシムノンの魅力が最も発揮されているのは第七章「「何と言ったんだ?」の夜」だ。ここでは、前述したクラークがメグレを殴る場面が描かれるのだが、その書き方は少し不思議な形式になっている。

章の冒頭、メグレは、クラークの宿泊しているスイートルームを訪れて彼の息子と家政婦と話をするのだが、その情景描写の途中で「これはその夜のことになるが、家に帰ると、メグレは妻にこの時の場面をこう話した」(本書一五四ページより)という一文が挿入され、場面は急に未来へと飛び、読者はメグレ夫人に語るメグレの話を聞く形で事の顚末を知ることになる。その後、一度は視点が現在へと戻ってくるものの、クラークの恋人であるダロマン嬢の眼の前でクラークがメグレを殴ろうとする直前に、場面は再びメグレ夫人との夜のシーンへと飛ぶ。ここの箇所が非常に面白い書き方になっているので、少し長いが引用をして見てみたい。

やはり同じ夜のこと、メグレの話を聞いて、首を横に振りながら、マダム・メグレは言った。

「白状しなさいよ、メグレさん。あなた、わざと相手を怒らせたでしょう？　あなたときたら、たとえ相手が天使だって逆上させることができるんだから」

メグレは白状しなかった。だが、気分は愉快だった。別にたいしたことをしたわけではない。激高するクラークの前で、両手を上着のポケットに突っ込み、面白そうに相手を眺めただけだ。

それのどこが悪いというのか？　あの時、メグレはドンジュのことを考えていた。ドンジュはサンテ刑務所に留置されている。ダロマン嬢のような美しい女性とダンスをすることもない！

そのダロマン嬢はクラークの様子に不穏なものを感じたのだろう、席を立って、こちらにやってきた。（本書一五九ページより）

それまでメグレ夫人と会話をする未来のシーンが描かれていたのに、最後の段落でいきなり現在のシーンへと戻ってきていることに気付く。これは、シムノンが得意とする手法だ。

〈メグレ警視〉シリーズに限ったことではないが、シムノンの作品では度々予告なしで時系列が変化する。時には一段落の中で時系列が変わってしまうことすらあるのだ。例えば、『メグレと若い女の死〔新訳版〕』（早川書房刊）には次のような箇所がある。疲れて家へと帰ってきたメグレが、夫人に「もうお休みになる？」と聞かれたところだ。

メグレはうなずいた。二人は早めに床に就いた。翌朝は風があって、空は雨模様だっ

た。（『メグレと若い女の死〔新訳版〕』六八ページより／平岡敦訳）

不思議なもので、こうした時間の急なジャンプも、読んでいるときには全く気にならない。シムノンは時間の流れというものを非常に意識していた作家で、場面々々にふさわしい時間の流れ方に合わせて小説を書いている。重要ではないシーンは、一段落の中で夜から朝へと早回しするように描き、重要なシーンは反芻するように未来と現在を行ったり来たりさせ、読者へ印象づける。そうしたシムノンが小説を書く時の呼吸がよく分かるのが、本作の第七章なのだ。

それだけに、シムノンの小説を読むときは油断ならない。うっかり二、三行読み飛ばしてしまうだけで時系列がわからなくなってしまうことがあるからだ。シムノンの小説の時系列を把握できているかどうかは、一文たりとも落とさず、しっかりと読むことができているかどうかのバロメータになる。もし、近頃、小説を飛ばすように読んでしまっているな、と感じている方がいれば、一度シムノンの小説を読んでみてほしい。早くなりすぎたペースを戻す、いいきっかけとなってくれるはずだ。

本作は《ＥＱ》一九八八年三月号に掲載されてから、三十年以上経っての新訳となるが、その間、文庫の〈メグレ警視〉シリーズは新刊が書店に並んでいない状況が続いていた。タイムパフォーマンスが必要以上に求められすぎる昨今、シムノンの作品のような、ゆっくりと小説を読み込む楽しさを教えてくれる作品は貴重であり、そして読まれるべきであると思う。

これからも〈メグレ警視〉シリーズを含めたシムノンの小説をたくさん紹介していきたい。

編集部

二〇二三年九月

訳者略歴　早稲田大学政治経済学部卒　フランス文学翻訳家　訳書『黄色い部屋の秘密〔新訳版〕』ルルー，『死者の国』グランジェ（ともに監訳），『機械探偵クリク・ロボット』『三銃士の息子』カミ（以上早川書房刊）他多数

HM=Hayakawa Mystery
SF=Science Fiction
JA=Japanese Author
NV=Novel
NF=Nonfiction
FT=Fantasy

メグレとマジェスティック・ホテルの地《ち》階《かい》
〔新訳版〕

〈HM⑯-5〉

二〇二三年十月　十　日　印刷
二〇二三年十月十五日　発行

（定価はカバーに表示してあります）

著　者　ジョルジュ・シムノン
訳　者　高《たか》野《の》優《ゆう》
発行者　早川　浩
発行所　株式会社　早川書房

郵便番号　一〇一 - 〇〇四六
東京都千代田区神田多町二ノ二
電話　〇三 - 三二五二 - 三一一一
振替　〇〇一六〇 - 三 - 四七七九九
https://www.hayakawa-online.co.jp

乱丁・落丁本は小社制作部宛お送り下さい。
送料小社負担にてお取りかえいたします。

印刷・星野精版印刷株式会社　製本・株式会社フォーネット社
Printed and bound in Japan
ISBN978-4-15-070955-6 C0197

本書は活字が大きく読みやすい〈トールサイズ〉です。